Diogenes Taschenbuch 24320

Banana Yoshimoto

Der See

Roman

Aus dem Japanischen von
Thomas Eggenberg

Diogenes

Titel der 2005 bei
Foil Co., Ltd., Tokyo,
erschienenen Originalausgabe: ›Mizuumi‹

Die deutsche Erstausgabe
erschien 2014 im Diogenes Verlag
Die deutschen Übersetzungsrechte
mit der Genehmigung von Banana Yoshimoto,
unter Vermittlung von Zipango, S. L.
Umschlagfoto von Hauke Dressler (Ausschnitt)

Veröffentlicht als Diogenes Taschenbuch, 2015

www.diogenes.ch
40/15/36/1
ISBN 978 3 257 24320 8

In jener Nacht, als Nakajima zum ersten Mal bei mir blieb, träumte ich von meiner verstorbenen Mutter. Vielleicht, weil ich lange nicht mehr mit jemandem im selben Zimmer geschlafen hatte?

Das letzte Mal war es in Mamas Krankenzimmer gewesen, zusammen mit Papa.

Wenn ich aufwachte, war ich erleichtert, dass Mama noch atmete. Dann fiel ich wieder in meinen Dämmerschlaf. Der Fußboden war für ein Krankenhaus ungewöhnlich schmutzig. Während draußen im Flur die Schritte geschäftiger Krankenschwestern hallten, blieb mein Blick an den Staubflocken hängen, die sich in immer den gleichen Ecken sammeln. Ich war umgeben von sterbenskranken Menschen. Aber eigenartig, dachte ich, hier fühle ich mich geborgener als draußen.

Für Menschen, die ganz am Ende angelangt sind, hat ein Ort wie dieser auf seine Art etwas Tröstliches.

Seit ihrem Tod hatte ich erstmals von Mama geträumt.

Bisher war sie in meinen Träumen nur flüchtig und schemenhaft aufgetaucht, doch diesmal war es wie ein richtiges Wiedersehen nach langer, langer Zeit.

Bei einer Toten klingt das vielleicht komisch, aber so empfand ich es.

Meine Mutter – das waren zwei Seelen in einer Brust. Es kam mir wirklich vor, als gingen bei ihr zwei vollkommen verschiedene Wesen ein und aus.

Einerseits war sie eine fröhliche, den Verlockungen des Hier und Jetzt zugetane lebenserfahrene Frau, der man nichts vormachen konnte; andererseits konnte sie sehr zart und zerbrechlich sein, wie eine Blume, die beim geringsten Lufthauch hin- und herschwang und zu knicken drohte.

Ihre fragile Seite verbarg Mama jedoch meistens. Sie zeigte sich lieber als temperamentvolle Frau, die gerne ihre Gäste verwöhnte. Zahlreiche Liebschaften, Komplimente und überhaupt das Gefühl, geschätzt zu werden – das war sozusagen der Nährboden, auf dem ihr offenes, großherziges Wesen gedieh.

Mama hatte mich zur Welt gebracht, ohne Papa zu heiraten.

Papa war der Chef einer kleinen Handelsfirma in einer kleinen Stadt in der Nähe von Tōkyō, während Mama, die zwar keine Schönheitskönigin, aber schon ziemlich hübsch war, im Vergnügungsviertel derselben Kleinstadt eine Bar für die gehobene Kundschaft führte.

Ein Kollege hatte ihn eines Abends dorthin eingeladen, und es verschlug ihm den Atem – es war Liebe auf den ersten Blick. Auch Mama war von Papa angetan. So sehr, dass sie nach der Arbeit nicht direkt nach Hause, sondern mit Papa in ein koreanisches Restaurant ging, wo die beiden in ausgelassener Stimmung ein Gericht nach dem andern bestellten. Am nächsten und übernächsten Abend kam Papa wieder in Mamas Lokal, und dann jeden Abend, auch bei Regen und Schnee. Zwei Monate später waren die beiden ein unzertrennliches Liebespaar. Wenn man bedenkt, wie sie sich kennengelernt hatten, war das doch ein Zeichen für die Ernsthaftigkeit ihrer Beziehung.

Als ich sie fragte, warum sie denn damals so gelacht hätten, sagten Mama und Papa wie aus einem Mund: »In jene Kneipe hatte sich offenbar noch nie ein Japaner verirrt. Wir entdeckten sie durch Zufall, als wir spätnachts durch die Straßen streiften, in der Hoffnung, noch etwas zu essen zu finden. Die Speisekarte konnten wir nicht lesen, also bestellten wir aufs Geratewohl, und da bekamen wir Sachen serviert, die ich noch nie gesehen hatte, extrem scharf, und auch mit der Menge hatten wir nicht gerechnet … Es war lustig, wir amüsierten uns bestens.«

In Wahrheit wird es aber wohl etwas anderes gewesen sein. Ich denke, sie waren einfach deshalb so vergnügt, weil sie wie durch ein Wunder miteinander in diesem Lokal saßen und ihr Glück nicht fassen konnten. Ihrem gesellschaftlichen Ansehen mochte die Beziehung nicht gerade förderlich gewesen sein, doch in meinen Augen waren sie ein reizendes Paar. Sie stritten sich zwar oft, aber immer nur wegen Kleinigkeiten, wie Kinder.

Da Mama unbedingt ein Kind haben wollte, ging es nicht lange, bis sie mit mir schwanger war. Offiziell geheiratet haben Mama und Papa aber nie – was ungewöhnlich ist, denn Papa hatte weder eine Frau noch sonst ein Kind. Bis heute ist das so geblieben.

Papas Verwandtschaft stemmte sich mit allen Mitteln gegen seine Beziehung zu Mama, aber Papa stand zu ihr, und so blieb ich, was ich von Anfang an war: ein uneheliches Kind.

Anders als viele denken mögen, fühlte ich mich dabei keineswegs unglücklich, denn Papa war oft bei uns zu Hause und kümmerte sich sehr um mich.

Aber ich kann nicht verhehlen, dass mir die ganze Situation dennoch sehr zu schaffen machte.

Die Stadt, die familiären Umstände – alles war

mir zuwider. Ich hätte am liebsten einfach nur vergessen, wer und wo ich war. So kam mir sogar Mamas Tod entgegen: Ich brauchte nie wieder in jene Stadt zurückzukehren. Oder allenfalls, um Papa zu besuchen. Das Apartment, in dem ich mit Mama gewohnt hatte, drohte zum Zankapfel der Verwandtschaft zu werden. Deshalb verkaufte Papa es schnell und überwies mir das Geld auf mein Bankkonto. Es kam mir vor wie eine Art Schmerzensgeld, was mir überhaupt nicht behagte, aber es war zugleich auch Mamas Erbe. Mit dem Verkauf der Wohnung waren alle meine Spuren getilgt, meine Verbindungen zu jener Stadt gekappt. Ich trauerte meiner Vergangenheit nicht nach.

Wenn ich Mama tagsüber in ihrer schummrigen Bar besuchte, wirkte alles eher trostlos und schal, vom Vorabend hing noch immer der Geruch von Tabak und Alkohol in der Luft. Auch Mamas elegante Kleider, die immer frisch aus der Reinigung kamen, sahen bei Tag auf einmal schäbig aus.

Die ganze Stadt fühlte sich so an.

Selbst jetzt, wo ich fast dreißig bin, ist das nicht anders.

Mit den Jahren bin ich Mama immer ähnlicher geworden. Das letzte Mal, als ich Papa traf, schaute er mich wie hypnotisiert an. Tränen traten ihm in die Augen.

»Es sollte doch erst so richtig beginnen und schön werden, unser Leben im Alter … Wir wollten zusammen da- und dorthin fahren, sogar eine Weltreise machen … Hätten wir gewusst, was auf uns zukommt, wären wir nicht so verdammt zögerlich gewesen, ich hätte nicht immer wieder meine Arbeit vorgeschoben oder Mama ihre Bar. Wir hätten einfach losziehen müssen, ohne Wenn und Aber.«

Papa war ein geselliger und trinkfreudiger Mensch, der früher bestimmt ein ausschweifendes Leben geführt hatte, aber ich glaube, seit er mit Mama zusammen war, hatte er sich nie mehr an eine andere Frau herangemacht.

Besessen von der Vorstellung, ein rechter Kerl müsse eben so sein, spielt er zwar gern den Frauenhelden, aber der Schein trügt; in Wahrheit ist er ein bäurischer, noch dazu glatzköpfiger Typ aus der Provinz, an dem man beim besten Willen nichts Aufregendes finden kann. Absolut uncool. Ein echter Frauenheld würde sich angesichts dieser tolpatschigen und unfreiwillig komischen Erscheinung kringeln.

Papa war der Sohn eines begüterten Grundbesitzers, und die Familie ging selbstverständlich davon aus, dass er die Geschäfte seines Vaters fortführte. Obwohl er sich davon beengt fühlte, hatte er offenbar nie versucht, aus diesem Leben voller Zwänge und Pflichten auszubrechen. Als er die Handelsfirma übernahm, gab er sich Mühe, wenigstens der Form nach alles so zu machen, wie man es von ihm erwartete. Das spürte jeder, der ihn sah.

Ich glaube, Mama war in seinem Leben die einzige Blume, die den Duft von Freiheit verströmte.

Papa achtete stets darauf, alles Störende von seiner gemeinsamen Welt mit Mama fernzuhalten. Wenn er von der Arbeit zurückkehrte, erwachten seine Lebensgeister: Er reparierte das Hausdach oder kümmerte sich um den Garten, ging mit Mama essen, half mir bei den Hausaufgaben, brachte mein Fahrrad wieder auf Vordermann – als wäre dieses private Dasein seine wahre Bestimmung, sein wahres Glück.

Aber die beiden hatten nicht das Bedürfnis, der Provinzstadt den Rücken zu kehren und anderswo ein unbeschwertes, neues Leben aufzubauen, das ihnen alle Freiheiten ließ. Nein, sie blieben da, und gerade in diesem hartnäckigen Ausharren bestand der eigentliche Sinn ihrer Beziehung.

Jetzt fürchtet sich Papa wohl am meisten davor, dass ich nichts mehr mit ihm zu tun haben will und die Beziehung abbricht, ein für allemal.

Na ja, wahrscheinlich fürchtet er sich nicht wirklich, sondern denkt nur mit einem gewissen Unbehagen an diese Möglichkeit. Dass er vielleicht eines

Tages von mir hören muss: »Unsere Familiennamen waren ja schon immer verschieden, und von heute an sehe ich es auch so. Das heißt, wir sind zwei Fremde, die nichts miteinander zu tun haben.«

Hin und wieder lässt Papa ohne besonderen Anlass Geld auf mein Bankkonto überweisen, oder er schickt mir Lebensmittel. Dann rufe ich ihn jeweils an und bedanke mich. Und merke an seiner Art zu reden, wie sehr ihn die Angelegenheit beschäftigt.

»Du bist doch schließlich meine leibliche Tochter, oder etwa nicht?«, sagt er wie beschwörend.

Ich nehme das Geld ja gerne an, allerdings habe ich Papa gegenüber noch nie deutlich gesagt, dass unsere Beziehung auch in Zukunft so sein wird wie bisher; ich sehe keinen Anlass, das zum Thema zu machen. Papa wird immer mein Papa bleiben, auch wenn er sich – anders als ich – wegen seiner Anflüge von schlechtem Gewissen viele Gedanken über unsere Beziehung macht.

Im Notfall würde ich Papa sogar noch um mehr Unterstützung bitten. Wenn er mir allerdings mit einer größeren Anschaffung helfen würde, bestünde die Gefahr, dass irgendwelche selbsternannten Freunde davon Wind bekommen und plötzlich bei mir aufkreuzen, um zu sehen, was es Neues gibt. Nein danke, lieber nicht.

Alles, was mich mit jener Stadt verband, war mir

lästig. Ich wollte so wenig wie möglich damit zu tun haben.

Papa und Mama dagegen waren wie mit Fußketten an die Stadt gefesselt.

Aus diesem Grund war mir vor allem eines wichtig: jederzeit abhauen zu können. Es wäre fatal gewesen, wenn ich mich in einen netten Jungen verliebt hätte, der womöglich auf die Idee gekommen wäre, ein prunkvolles Hochzeitsfest auszurichten, und wenn ich dann auch noch schwanger geworden wäre. So dachte ich damals, und während meine Schulkameradinnen sich munter drauflosverliebten, bewahrte ich, ungeachtet der Märchenhochzeiten in meinen Träumen, einen kühlen Kopf. Und kaum hatte ich die Oberschule hinter mir, zog ich fluchtartig von zu Hause aus, unter dem Vorwand, in Tōkyō studieren zu wollen.

Ich spürte es mit meinem ganzen Körper, leise, aber untrüglich: wie es ist, wenn man geschnitten wird. Ich war zwar Tochter einer lokalen Größe, letztlich aber doch nur das uneheliche Kind einer Bardame. Dieses Bewusstsein prägte mich stark.

Nachdem ich in Tōkyō eine Kunststudentin unter vielen geworden war, fühlte ich mich leicht und befreit, als wäre ich aus großer Tiefe wieder an die Oberfläche getaucht, um Luft zu holen.

Ich werde mein Leben lang nicht vergessen, wie all diese von schamloser Neugier und Neid getriebenen Leute mit aufgesetzter Trauermiene in den Sarg meiner Mutter lugten und nur der Form halber schwarze Trauerkleidung trugen. Ich wäre damals zu allem bereit gewesen, sogar zu einem Strip, um diese vor Verlogenheit triefende Atmosphäre zu zerstören.

Doch all diese falschen Blicke konnten Mamas Körper nichts anhaben, unbehelligt davon wurde er im Feuer geläutert. Nie hätte ich gedacht, dass man so erleichtert sein kann, wenn die eigene Mutter von den Flammen verzehrt wird. Mamas Kleidung, ihre Schönheit im ewigen Schlaf, die fürstliche Trauerfeier, für die Papa keinen Aufwand gescheut hatte – die Neugier der versammelten Gäste wurde mit Sicherheit hinreichend befriedigt.

Als nächste Angehörige begrüßte ich die Gäste, versuchte zu lächeln, wischte mir hie und da eine Träne aus den Augen, und meine wahren Gefühle – Spott und Verachtung, die in meinem Herzen brodelten – nahm niemand wahr.

Wie sollten all diese Leute, die sich so krampfhaft darum bemühten, Mamas Leben außerhalb der gesellschaftlichen Norm am Ende doch noch ins Korsett der Angepassten zu zwängen, wie sollten diese Leute ein reines, unverdorbenes Herz verstehen können?

Zum Glück waren da auch ein paar Frauen aus der Nachbarschaft und die wenigen Freundinnen von Mama, die aufrichtig um sie trauerten; sie trösteten mich und tranken mit mir zusammen einen warmen Tee. Das Leben hat immer auch seine schönen Momente. Wenn etwas Furchtbares passiert, empfindet man solche Momente umso intensiver. So ist es leider. Ohne dass ein Wort nötig gewesen wäre, sagten mir die Augen dieser Frauen: »Wir wissen schon um deinen Kummer.«

Dennoch, als ich Papa sah, wie er sich schluchzend an den Sarg klammerte, dachte ich: Verdammt. Während es für Papa nichts anderes gab als Mama, dachte ich unruhig und zerstreut an tausenderlei Dinge.

Angesichts dieser großen, einmaligen Liebe (was allerdings nur die beiden so sahen) wirkte ich wie ein kleines, durch den Tod seiner Mutter verängstigtes Kind. Vielleicht zeigte sich darin aber auch nur der Unterschied zwischen einem liebenden Mann und einer Tochter.

Ach ja, meine Mama, die mir in jener Nacht im Traum erschien, war zart wie eine Blume gewesen. Meine geliebte Mama, verschämt hinter einer Wolke tanzender Blütenblätter.

Sie sagte es kurz vor ihrem Ende, im Krankenzimmer, wo ich neben ihr wachte. Kraft zum Aufstehen hatte sie schon lange nicht mehr, aber sie lag gern halbaufgerichtet im Bett. Ein mir vertrauter Anblick, und so sah ich sie auch im Traum.

Ein angenehmes Lüftchen wehte zum Fenster herein, das Licht flimmerte, und in ihrem mädchenhaften rosa Pyjama sah Mama aus, als wäre sie in einen zauberhaften Schleier gehüllt. Die Blumen am Bett schienen sich in Mamas strahlendem Licht aufzulösen.

Es war so intensiv, dass ich wegschauen musste und den Staub auf dem Fensterrahmen fixierte.

Da sagte Mama: »Also, Chihiro-chan, wenn du nur einmal etwas falsch machst, dann wirst du, so wie ich, dein ganzes Leben lang keine Ruhe mehr finden, wirst immer wie auf Nadeln sitzen. Gereizt sein, aufbrausen, herumschimpfen – und das heißt letztlich nichts anderes, als dass man sich von anderen abhängig fühlt, dass man nicht frei ist.«

Genau, in Wahrheit war Mama nämlich keine Frau, die sich gern mit Leuten stritt, bei ihren Stammgästen aber demütig den Kopf neigte, um das Geschäft nicht zu verderben; die Papa am Telefon heftige Vorwürfe machte, weil er wegen der Arbeit nicht in die Bar kommen konnte, und sagte: »Was kann ich auch anderes erwarten, ich bin ja nicht mal deine rechtmäßige Ehefrau«, und sich dann mit ihrem

Schicksal arrangierte – nein, so war sie nicht. Mama war in Wahrheit keine keck leuchtende Feldblume, sondern vielmehr ein Pflänzchen, das still und leise, von niemandem außer Vögeln oder Gemsen beäugt, auf einem hohen Felsen blühte. Ein fast unsichtbares, ungemein zartes Geschöpf.

Papa ist das sicher nicht verborgen geblieben, dachte ich. Auf seine Weise wird er das wahre Wesen von Mama schon erkannt haben.

Wenn Mama unbeschwert mit Papa zusammen war, wirkte sie wie ein kleines, unschuldiges Mädchen. Ihr beide wart wie Kinder. Aber die Welt draußen hat euch nicht in Ruhe gelassen … Und ihr selbst hattet nicht den Mut oder die Kraft, ihr den Rücken zu kehren und nur füreinander da zu sein … Das ersehnte Leben habt ihr immer wieder aufgeschoben und stattdessen eines gelebt, das ihr gar nicht wolltet. Und auf einmal war es zu spät.

Obwohl ich das nur für mich dachte – im Traum ist ja alles möglich –, nickte Mama. Und sagte: »Natürlich hab ich es mir anders gewünscht. In Wahrheit sind mir Schminke und Schönheitsoperationen zuwider, ich hasse Krankenhäuser, hasse Frauen, die sich operieren lassen, um hübscher auszusehen. Es war eine Qual. Wenn die Leute davon schwärmen, meint man irgendwann, es auch tun zu müssen. Deshalb hab ich es getan. Nur deshalb. Ich hatte jedes

Mal Bammel davor und habe versucht, meine Angst zu überspielen. Das Herz hat mir weh getan.

Ich wollte zu Papa ja gar nicht immer so giftig sein. Ich hatte Angst, er würde weggehen, und hab mich verzweifelt an ihn geklammert. Ich wusste schon, dass ich auch anders hätte reagieren können als mit meiner ewigen Wut, aber … Plötzlich merkt man, es geht nicht mehr anders, es gibt kein Zurück. Die Angst schürt noch mehr Angst, das Getue wird immer theatralischer, weil es mehr Wirkung zeigt … Ich konnte mich selber nicht mehr stoppen. Und in dieser Verfassung bin ich dann leider gestorben.

Übrigens, wenn man von hier aus das große Ganze überblickt, wird einem vieles klar. Nicht dass man jetzt dies und jenes bereut, sondern dass es völlig unnötig war, sich Sorgen zu machen. Das fällt einem dann wie Schuppen von den Augen. Deshalb …«

Was Mama »hier« nannte – war das der Himmel, das Paradies? Existiert das Paradies wirklich?, fragte ich mich, doch Mama lächelte nur bedeutungsvoll und fuhr fort: »Deine eitle Mama hat sich vor viel zu vielen Dingen gefürchtet, ich musste mich irgendwie schützen und tat es auf meine Weise. Ich konnte nicht anders, verstehst du? Aber du darfst nicht den gleichen Fehler machen. Halte deinen Bauchnabel warm, bewahre Ruhe und Gelassenheit, damit das Blut dir nicht in den Kopf steigt, versuch einfach, wie eine Blume zu leben. Das ist dein gutes Recht. Das schaffst du ganz bestimmt, ja?«

Mamas Augen strahlten. Stimmt, hat sie das nicht früher, in meiner Kindheit zu mir gesagt? Halte deinen Bauchnabel warm … Als die Erinnerung in mir hochstieg, wie Mama mich jedes Mal, wenn ich beim Schlafen die Decke weggestrampelt hatte und halbentblößt dalag, mit diesen Worten wieder zudeckte, kamen mir sogar im Traum die Tränen.

O ja, schlaftrunken und mit schweren Augenlidern hatte ich oft mitten in der Nacht gespürt, wie Mama mir zärtlich über den Bauchnabel strich, während sie meinen verrutschten Pyjama zurechtzupfte und die Decke bis unter mein Kinn zog.

Liebe ist, wenn jemand denkt: Ich möchte diesen Menschen berühren, möchte ihm Gutes tun. Das ist mir in Fleisch und Blut übergegangen. Auf falsche Liebe reagiert mein Körper nicht, ich kann mich auf ihn verlassen. Sollte »gute Erziehung« letztlich nicht genau das bewirken?

Mama, wie gern würde ich dich noch einmal sehen. Dich berühren, dich riechen …

Sogar dieses Lokal, das tagsüber so schal wirkte … Jetzt, wo es nicht mehr existiert, denke ich mit Wehmut daran zurück.

Auch wenn es alles andere als ein heimeliger Ort

war – es war das Nest, in dem ich flügge geworden bin. Mamas ureigener Geruch durchströmte hier alles. Klar, diese Welt war bedrückend, aber irgendwie auch behaglich. Allerdings dauerte es dann nicht sehr lange, bis ich ausflog … Obwohl ich doch noch ein junges Vögelchen war, das den Schutz seiner Eltern brauchte.

Im Traum wurden Schmerz und Trauer und das Gefühl von Hilflosigkeit immer größer, drohten mich zu erdrücken. Als ich aus dem Schlaf schreckte, liefen Tränen über meine Wangen.

Verwirrt schaute ich mich um – und sah Nakajima neben mir liegen. Er schlief tief und fest. Ein nackter Arm auf der Tatamimatte. Bei dem Anblick fröstelte es mich. Ich richtete die Decke so, dass sie auch seinen Arm bedeckte.

Die Wirklichkeit hatte mich wieder, und schon war der Traum nicht mehr so schlimm. Mama ruhte friedlich und still in meinem Herzen, während jene Stadt, in der ich aufgewachsen war, nicht die geringste Sehnsucht in mir zu wecken vermochte.

Warum habe ich mich nur im Traum plötzlich wieder wie als Kind gefühlt?, dachte ich irritiert. Wahrscheinlich gibt es irgendwo in mir einen wunden Punkt, der noch immer an der Vergangenheit hängt, sie nicht vergessen kann oder will … Die Frage nach dem Warum machte mir bewusst, wie sehr ich bereits wieder in der Gegenwart angekommen war.

Nur den Ort, der jetzt nicht mehr existiert, vermisse ich ein wenig. Möchte manchmal dahin zurück, möchte wieder Kind sein … Die Erinnerung lässt einen nicht los.

Sonntagmorgen. Dieses stille Glück, während eine seichte Fernsehshow auf dem Bildschirm flimmert, Papa vor sich hin döst und Mama in der Küche Leckereien aus aller Welt für den Brunch zubereitet – wenn ich jetzt daran zurückdenke: Wie zauberhaft waren doch diese müßigen, friedlichen Momente … Die beiden hatten dann etwas ungemein Zartes, es fühlte sich an, als würden sie, erschöpft vom Alltag, ihre Seelen baumeln lassen. Und ich, noch ein Kind, lag einfach in meinem Bett und genoss die wunderbare Stimmung.

Um das noch einmal erleben zu können, würde ich sogar in jene Stadt zurückkehren.

Da bemerkte ich wieder den schlafenden Nakajima neben mir. Nanu? Warum ist er hier? Wenn es ein Traum ist, dann nur nicht aufwachen!

Ach so, jetzt kam es mir in den Sinn. Nakajima wollte doch über Nacht bei mir bleiben …

Langsam kehrte die Erinnerung zurück.

Als mir auch unser Sex in den Sinn kam, leidenschaftlich und todernst, war es mir fast ein wenig peinlich. So wie wir hier in unseren Pyjamas nebeneinanderschliefen, hätte man meinen können, es wäre nichts zwischen uns gewesen. Ich hatte das Gefühl, schon ewig mit ihm zusammen zu sein; dennoch überraschte mich Nakajimas Anwesenheit. Ich war verwirrt und spürte zugleich eine große Ruhe. Seltsam. Hatte ich vielleicht deswegen Mama im Traum gesehen?

Dass ein so eigenartiger Mensch bei mir übernachtete, war doch ziemlich ungewöhnlich.

Ich hatte gedacht, Nakajima würde es kaum längere Zeit mit jemandem im selben Zimmer oder in derselben Wohnung aushalten. Zwar hatte ich schon ein Mädchen bei ihm gesehen, das möglicherweise seine Freundin war, aber es sah nicht so aus, als wären die beiden fest zusammen.

Am Abend zuvor hatte Nakajima unter Tränen gesagt, wenn er es jetzt nicht tue, dann würde er vielleicht sein ganzes Leben lang unfähig sein, mit jemandem Sex zu haben. Ach komm, übertreib doch nicht, entgegnete ich, trotzdem bekam ich Mitleid mit ihm und wurde selbst ganz traurig und sanftmütig.

Und was geschah dann? Haben wir es am Ende wirklich gemacht? Oder doch nicht?

Wir hatten nicht getrunken, dennoch konnte ich mich nur lückenhaft erinnern. Was auch immer, sagte ich mir, ist doch egal. Hauptsache, er ist noch da.

Dann sah ich im Geist plötzlich wieder Mutter vor mir.

Ach, was für ein trauriger, aber schöner Traum, dachte ich.

Es war jene Mama, die ich so gern sehen wollte, die sich mir aber nur selten zeigte.

Mama war stolz gewesen, hatte immer geradeheraus ihre Meinung gesagt und mit ihrem Lachen alles weggefegt; daher passierte es auch mir, dass ich Mutters andere, verborgene Natur beinahe vergaß. Denn als ich noch klein war, wenn manchmal ein sanftes, zärtliches Lächeln über ihr Gesicht huschte, wenn wir in unserem Futon die kalten Füße aneinander wärmten oder in ausgelassener Stimmung einen Morgenspaziergang machten und unsere Spuren im unberührten, tiefen Schnee hinterließen – in solchen Momenten offenbarte sich Mamas wahres Wesen, sie erschien mir wie ein kleines Mädchen, das in Wahrheit gar nie groß geworden war und für immer so bleiben würde.

Gedankenverloren schaute ich zu, wie sich in dem dunklen Zimmer Nakajimas Brust hob und senkte, und je länger ich schaute, desto gelöster, entspannter fühlte ich mich, als würde ich hypnotisiert.

Nakajima, Nakajima … wie sonderbar er doch aussah.

Seine länglichen Nasenlöcher, die sehr zarten Handgelenke und feingliedrigen Finger, der weitgeöffnete Mund, der Nacken, der in mir das Gefühl von Verletzlichkeit und Schutzlosigkeit weckte, die kindlichen Pausbacken, das glatte Haar, das ihm so weit ins Gesicht fiel, dass sich die schmalen Augen mit den langen Wimpern darunter zu verstecken schienen – all das musste man einfach mögen. Und ich dachte, wenn irgendwann der Tag kommen sollte, an dem Nakajima zu atmen aufhört und sich in einen Stern verwandelt (der Gedanke ist nichts Ungewöhnliches, aber hier passt er perfekt; ja die Vorstellung, dass er zu einem Stern wird, passt fast zu gut, wenn ich bedenke, wie weit er sich vom Trubel des Lebens entfernt hat), wird meine Seele sicher bei Nakajima sein. Ich fühlte dabei weniger Liebe, sondern vielmehr eine Art Verwunderung, vermischt mit Erschrecken. Deshalb schaute ich ihn nur an, ohne innerlich ganz mit ihm eins werden zu können.

Auch heute ist er da, ist nicht weggegangen. Und meine Gefühle ihm gegenüber sind auch heute nicht anders!

Jeder Tag mit Nakajima, diesem rätselhaften Nakajima, von dem ich mich unwiderstehlich angezogen fühlte, war frisch und neu. Durch ihn war mein

Leben aus den Fugen geraten. Vorher war ich immer nur mit mir beschäftigt gewesen. Hatte mit aller Kraft versucht, meinen Weg zu finden; hatte eine Idealvorstellung meiner Zukunft im Kopf, der ich mich Schritt für Schritt annäherte; hatte mich darauf konzentriert, von jener Stadt wegzukommen – je weiter, desto besser – und ja keine Wurzeln zu schlagen. Doch Nakajima war so stark, dass es mich umhaute und ich seinem Bann nicht mehr entkam.

Für uns existierte die Zeit nicht. Wir waren vom Rest der Welt isoliert. Ich hatte das Gefühl, als wären wir vollkommen aus der Zeit gefallen, alterslos.

Manchmal dachte ich sogar: Ist das vielleicht das Glück?

Die Zeit steht still. Ohne ein Verlangen nach sonst etwas zu spüren, ruhten meine Augen auf Nakajima. Ja, ich fühlte mich wirklich glücklich. Wunschlos glücklich.

Ich hatte ein relativ gewöhnliches Leben hinter mir. Das heißt, in einer Provinzstadt, wo jede Kleinigkeit zu Geschichten und Gerüchten führt, reichte es schon, ein uneheliches Kind zu sein. Dabei war ich doch ein Mensch wie jeder andere auch.

Im Gegensatz zu Nakajima. Kein Wunder, dass seine Art mich manchmal überforderte und der Reflex, die Flucht zu ergreifen, meine Beziehung zu ihm stets mitprägte.

In seiner Vergangenheit musste er etwas Schreckliches erlebt haben, doch wir hatten nie darüber gesprochen.

Nakajima hing sehr an seiner Mutter, die, wie ich wusste, nicht mehr lebte. Jedes Mal, wenn er von ihr erzählte, begann er zu weinen. Details kenne ich nicht, doch seine bedingungslose Liebe zu ihr zeigte mir, dass seine Mutter ihn ebenso liebevoll großgezogen haben musste.

Diese Gefühle fand ich nicht irgendwie komisch oder gar krankhaft, mir wurde allerdings bewusst, dass niemand auf der Welt Nakajima je so würde lieben können, wie seine Mutter ihn geliebt hatte.

Und weil das wohl auch für mich selbst galt, fühlte ich mich sogar von einem gewissen Druck befreit, was das Zusammensein mit ihm einfacher machte.

Bis Nakajima anfing, bei mir zu übernachten, dauerte es eine Weile. Mindestens ein Jahr, glaube ich. Irgendwann geschah es einfach, dass er abends kam und blieb. Es geschah ganz natürlich, ohne jedes Gefühl von Euphorie.

Davor hatte es eine Phase gegeben, da ging er um Mitternacht wieder nach Hause. Eine unverbindliche, unbekümmerte Beziehung, die sich etwa drei Monate hinzog, aber es könnte auch kürzer oder länger gewesen sein.

Es war nicht so, als hätten wir wie ein Paar zusammengelebt. Nach wie vor hatte jeder sein eigenes Zimmer, nur dass das eine vom anderen ein bisschen weiter entfernt war als in einer gemeinsamen Wohnung. So fühlte ich mich durch Nakajimas Gegenwart auch überhaupt nicht eingeengt, im Gegenteil; wenn er da war, spürte ich stets eine gewisse Wärme.

Nakajima wohnte schräg gegenüber von mir, im ersten Stock eines Mietshauses. Ich hatte die Angewohnheit, oft aus dem Fenster zu schauen. Er auch. Wir bemerkten einander und fingen bald darauf an, uns zu grüßen. Sich in einer Großstadt von Fenster zu Fenster grüßen wirkt vielleicht ein bisschen komisch, doch auf dem Land, wo ich aufgewachsen bin, ist das ganz normal. Abgesehen davon kümmerten Nakajima solche Dinge überhaupt nicht. Es war, als wäre er dem Alltäglichen entrückt, er wirkte wie jemand, der keine Angst vor dem Tod kennt, stärker noch: Es war, als ob es bei ihm, im tiefsten Grund seines Wesens, ums nackte Überleben ging.

Vielleicht hatte ich deswegen das Gefühl, dass wir uns gut verstehen würden.

Und auch, weil seine schlanke Gestalt am Fenster mich zu einem gelungenen Bild inspirierte. Manchmal, wenn er mit seinen feingliedrigen Händen nach der obersten Stange der Fensterbrüstung griff, erschien mir seine Bewegung so anmutig wie die eines Affen in freier Natur.

Mit der Zeit begann ich, morgens, sobald ich wach war, das Fenster zu öffnen und einen Blick zu Nakajimas Fenster hinüberzuwerfen. Es war mir dabei egal, ob ich noch den Pyjama anhatte oder wie meine Frisur aussah. Er war ja kein Fremder, sondern Teil einer vertrauten Szenerie. Damals glaubte ich noch nicht, dass wir uns je näherkommen würden.

Manchmal tauchte Nakajima selbst nicht am Fenster auf, und ich konnte nur seine akkurat zum Trocknen aufgehängte Wäsche sehen. (Wie er das machte, war fast ein Kunststück; es sah aus, als müsse die Wäsche gar nicht mehr gebügelt werden. Bei mir hingegen hing alles zerknittert da; halt so, wie es direkt aus der Maschine kommt.) Oder manchmal erschien am Fenster eine vor sich hin träumende Frau, die älter wirkte als Nakajima, und ich dachte: Aha, seine Freundin hat bei ihm übernachtet ... Schön für ihn!

So kamen wir uns langsam, Millimeter für Millimeter, näher.

Ich mochte es, in der Nähe des Fensters zu sein. Selbst im Winter, wenn es kalt war, winkten wir uns häufig zu.

»Geht's gut?«

»Alles okay!«, sagte er. Ich konnte seine Stimme nicht hören, die Antwort aber von seinen Lippen ablesen. Dabei lächelte er immer.

Es kam mir wie eine Fügung des Schicksals vor, dass wir da wohnten. Wir fühlten uns durch etwas verbunden, das wir mit niemandem teilen konnten und wollten. Da wir uns fast jeden Tag von Fenster zu Fenster sahen, hatte ich je länger, desto mehr das Gefühl, mein Leben mit ihm zusammen zu verbringen. Wenn bei ihm das Licht ausging, dachte ich unwillkürlich: Oh, Nakajima ist schlafen gegangen! Für mich wird es auch langsam Zeit. Und jedes Mal, wenn ich vom Besuch bei Vater und Mutter zurückkam und das Fenster öffnete, hörte ich drüben Nakajima in Gedanken rufen: Schön, dass du wieder da bist!

Weder er noch ich bemerkten zu diesem Zeitpunkt, dass unsere gegenseitige Anteilnahme, das unwillkürliche Aufhorchen, wenn der Laut eines Schiebefensters zu vernehmen war, bereits der Anfang unserer Liebe war.

Während der Zeit, in der ich Mutter auf ihrem langen, langen Weg begleitete, während ich zwischen meiner Heimatstadt und meiner eigenen kleinen Wohnung hin- und herpendelte, fühlte ich beim Anblick von Nakajimas hell erleuchtetem Fenster stets eine große Erleichterung. Es war die einzige Freude, die mir in jenen Tagen zuteilwurde.

Was ich mit meiner sterbenden Mutter und Vater erlebte, war voller schöner, intensiver Momente, doch wenn ich am Abend wieder in den Zug nach Hause stieg, war ich allein. Mutters einziges Kind, ganz allein.

Auf dem Weg, den ich zu gehen hatte, konnte mich niemand begleiten.

Wenn ich in der Dunkelheit auf dem Bahnsteig stand, dachte ich an Mamas nahenden Tod, Erinnerungen kamen auf, um mich herum die gelangweilte Atmosphäre von Leuten, deren Leben seinen gewohnten Gang ging. Alles vermischte sich in meinem Kopf, ich fühlte mich total verloren. Wohin gehörte ich? War ich erwachsen oder noch ein Kind? Wo war mein Zuhause? Wo meine Wurzeln?... Mir wurde schwindlig.

Na, warum verliebst du dich nicht in Nakajima? Dann könnte er dich richtig trösten. Oder wenn du ihm zumindest mehr vertrauen würdest? Wenn er nicht nur an seinem Fenster stünde, sondern wirklich in deiner Nähe wäre? Wär das nicht viel besser?... Zu derlei Gedanken war ich in der Situation überhaupt nicht fähig.

Ich hätte es auch gar nicht gewollt, denn ich fand, dass Nakajima und ich genau die richtige Distanz zueinander hatten: nicht zu weit weg und nicht zu nah. Alles andere wäre schiefgegangen. Davon war ich überzeugt.

Obwohl unsere Häuser durch die Straße getrennt waren, empfand ich es nicht so. Als wären wir irgendwie miteinander verbunden. Eigenartig – selbst der Lärm vorbeifahrender Autos verhinderte nicht, dass ich den Eindruck hatte, seine Stimme gut zu hören. Wenn in der Dunkelheit Nakajimas hell schimmerndes Gesicht, sein unbekümmertes Lächeln auftauchte, fühlte ich mich aufgehoben und geborgen. Es gab nichts, was mich mehr zu trösten vermochte.

Als Mama starb, sagte ich es Nakajima nicht von mir aus.

Manchmal, wenn wir uns auf der Straße zufällig trafen, waren wir zusammen etwas trinken gegangen, und so kam es auch diesmal, als ich nach Mutters Beerdigung, nach erschöpfenden drei Wochen wieder in meine Wohnung zurückkehrte, sie aufräumte, putzte und im Supermarkt einkaufen ging. Unerwartet stand er vor mir. Ein wenig später saßen wir im Starbucks, an einem Tresen zum Fenster hin, und tranken Tee und Kaffee.

Das geschäftige Treiben um uns herum, der Kaffeegeruch, das Stimmengewirr der ins Gespräch vertieften jungen Leute – all das war ich nicht mehr gewohnt, es machte mich benommen. Es ist wohl dieses normale alltägliche Leben, das die Seelen verstorbener Menschen am meisten vermissen, dachte ich. Auch wenn es unspektakulär und belanglos ist, werden sie sich doch am meisten danach sehnen. Da war ich mir ziemlich sicher.

»Von jetzt an muss ich nicht mehr weg an den Wochenenden«, sagte ich. »In meiner alten Heimat habe ich kaum mehr Verwandte zu besuchen. Höchstens ab und zu mal.«

Nakajima verzog das Gesicht, während er zwei, drei kleine Schlucke von seinem heißen Kaffee schlürfte. Dann sagte er: »Ist deine Mutter gestorben?«

»Woher weißt du das?«, fragte ich erstaunt.

»In letzter Zeit bist du so oft weg gewesen, dass ich dachte, na ja …«

Nakajimas Antwort besagte gar nichts. Deshalb gab ich mir selbst die Erklärung. Wahrscheinlich musste ich müde und mitgenommen auf ihn gewirkt haben. Jemand wie er hatte wohl ein untrügliches Gespür. Als ich meinen Blick auf das Fenster richtete, sah ich darin mein Spiegelbild, das mir wie geschrumpft vorkam. Ein fahles, schlaffes Etwas. Keine Frage – wer Augen hatte, musste auf Anhieb erkennen, dass mir gerade ein Elternteil genommen worden war, für immer.

»Wenigstens werde ich jetzt an den Wochenenden nicht mehr so allein sein. Entschuldige, aber darauf freue ich mich. Du kannst dir nicht vorstellen, wie langweilig das war, letzte Woche und auch die Woche davor, dein Fenster immer dunkel. Weißt du, dein Fenster ist das netteste, sympathischste von allen. Kein Vergleich mit den anderen. Weder kaltes, grelles Licht noch zugemüllt. Deins strahlt Ruhe und Wärme aus.«

»Wirklich?«

Dass der Tod meiner Mutter für jemanden ein Anlass sein konnte, sich zu freuen, irritierte mich, doch andererseits fand ich es auch erfrischend ehrlich nach all den floskelhaften Kondolenzwünschen, die ich in den letzten Wochen gehört hatte.

»Ja sicher. Wenn dein Fenster dunkel bleibt, Chihiro, fühle ich mich einsam.«

Als Nakajima meinen Namen sagte, Chi-hi-ro, funkelte der wie ein kostbarer Stein. Ich hatte keine Ahnung, warum, ich hörte den Klang und war wie elektrisiert: Oh, ein kleines Feuerwerk, dachte ich. Sag meinen Namen doch bitte noch einmal!

Doch da ich es nicht wagte, ihn tatsächlich darum zu bitten, sprach ich den Namen so, wie er ihn hatte erklingen lassen, innerlich noch einmal aus. Zum ersten Mal fand ich es nicht nur aufregend oder gar sexy, mit ihm zusammen zu sein, sondern war auch ein wenig stolz auf ihn.

»Tja, dann hat es vielleicht auch sein Gutes, dass ich wieder da bin.«

Ich konnte meine Tränen nicht mehr zurückhalten und weinte ein bisschen.

»Ich weiß, es ist traurig, wenn die eigene Mutter stirbt. Auch für mich war es hart«, sagte Nakajima.

Ich wusste kaum etwas über seine familiären Verhältnisse, und so dachte ich nur, aha, auch er hat keine Mutter mehr.

»Ja«, sagte ich schniefend, »da müssen wir wohl alle durch«, und umklammerte die große Tasse Chai in meinen Händen noch fester. Auf einmal war mir, als wäre all das, was ich gesehen und erlebt hatte, auch die Angst, in Zukunft weder ein richtiges Zuhause noch eine Familie zu haben, nicht mehr ganz so bedrückend, als wäre die Last ein wenig leichter geworden, und ich fühlte mich plötzlich freier.

Etwa zwei Wochenenden später kam Nakajima zu mir, von da an jeden Tag. Es ergab sich ganz natürlich und geschah ohne jede Überlegung, unsere Beziehung zu verändern. Eben stand er noch am Fenster drüben, und jetzt saß er bei mir, so einfach war das.

Eine Weile zuvor hatte er mich, als wir uns wieder einmal auf der Straße begegnet waren, gefragt: »Übrigens, Chihiro, hast du einen Freund?«

»Momentan nicht«, antwortete ich. »Ich war mit einem Redakteur zusammen, der extrem busy war und nur am Wochenende Zeit hatte. Doch als ich mich um die Pflege meiner Mutter kümmern musste, sahen wir uns gar nicht mehr, und er ließ mich fallen.«

»Hm, das heißt, dem Kerl missfiel, dass dir deine Mama wichtiger war als er, oder?«

Das Wort »Kerl« amüsierte mich. Ich musste lachen.

Insgeheim bewunderte ich alles an Nakajima. Ich sah sehr viel Gutes an ihm. Es hatte zwar gedauert, doch wir hatten uns, von Fenster zu Fenster, langsam angenähert, und tief in unseren Herzen hatte etwas zu keimen begonnen und war immer weiter gewachsen, ohne dass an der Oberfläche etwas davon sichtbar war.

»Scheint so«, sagte ich. »Deshalb war ich auch gar nicht so traurig. Es wäre zudem furchtbar mühsam gewesen, ein paar freie Stunden zu finden und sich zu treffen. Als er sich nicht mehr gemeldet hat, war ich, ehrlich gesagt, erleichtert. Mehr als alles andere brauchte ich Zeit für mich selbst, und vor allem Schlaf.«

»Ich verstehe.«

Nakajima nickte. Immer wenn er nickte, verzog er sein Gesicht zu einer leichten Grimasse.

Am Abend jenes Tages kam er zum ersten Mal zu mir herüber. Es sollte nicht bei dem einen Mal bleiben.

Wir holten Spießchen mit gebratenem Hühnerfleisch (Nakajima mochte es nicht, auswärts zu essen, und da ich auch keine große Lust hatte, blieben wir zu Hause), nahmen nacheinander ein heißes Bad, tranken Bier, schwatzten und schwiegen miteinander.

Seltsam, immer wenn Nakajima bei mir war, hellte sich die Stimmung in meiner Wohnung auf, und zum ersten Mal im Leben dachte ich: Du hast einen Freund, du bist nicht allein.

Aus irgendeinem Grund hatte ich mir eingebildet, dass Nakajima schwul und die Frau, die hin und wieder bei ihm übernachtete, einfach eine gute Freundin sein müsse. Auch war ich davon ausgegangen, dass er seine besonderen Bedürfnisse außerhalb der eigenen vier Wände, irgendwo in der Stadt, befriedigen würde.

Auf mich wirkte er nahezu asexuell, er war sehr dünn, aß manchmal richtig viel, oft aber auch fast nichts. Insgesamt schien er mit wenig Energie auszukommen. Selbst wenn er gelegentlich Frauenbesuch hatte, so war das wohl eher eine flüchtige Angelegenheit, und wenn er spätabends – was nur selten vorkam – das Haus verließ, dann wohl, um Typen zu treffen, die das Gleiche suchten wie er.

Vielleicht hatte ich mir das alles nur in meinem Stolz so zurechtgelegt. Weil er, wie mir schien, keinerlei körperliches Interesse an mir zeigte; weil ich mich vor seinen Augen hätte umziehen können und er selbst dann nicht in Verlegenheit geraten wäre.

Letzte Nacht dann wollte Nakajima um keinen Preis in seine Wohnung zurück. Er fand eine Ausrede nach der andern, so dass ich schließlich sagte: »Erwartest du den Schuldeneintreiber, oder will eine alte Freundin was von dir?«

»Nein, nein, aber weißt du, vor langer Zeit ist an diesem Tag etwas Schlimmes geschehen, da komme ich einfach nicht zur Ruhe. Was diese Sache betrifft, habe ich ein seltsam hartnäckiges Erinnerungsvermögen, geistig wie körperlich. An diesem Jahrestag geht es mir nie gut«, sagte Nakajima. »Entschuldige bitte, dass ich dir im Moment nicht mehr erzählen kann. Wenn ich anfange, mich an Einzelheiten zu erinnern, wird alles nur noch schlimmer.«

Du kommst in meine Wohnung und erzählst mir so eine Geschichte – findest du das nicht ein bisschen egoistisch?, hätte ich am liebsten zu ihm gesagt, doch er schien wirklich mit sich zu kämpfen, und was er mir anvertraut hatte, war wohl kaum erfunden. Deshalb ließ ich ihn lieber in Ruhe.

Ich fragte ihn nur, ob er bei mir übernachten wolle, worauf er nickte. Na dann, dachte ich.

Ich legte zwei Futons nebeneinander und begann ein Buch zu lesen. Nakajima fragte, ob er im Fernsehen einen Film anschauen dürfe. So verbrachten wir eine ziemlich lange Weile, ohne ein Wort miteinander zu reden. Als der Film zu Ende war und Nakajima den Fernseher ausmachte, war es auch für mich langsam Zeit zu schlafen. Wie gut, dass du nicht allein bist, dass jemand da ist, der Geräusche macht, das beruhigt, dachte ich und schloss mein Buch.

Da sagte Nakajima plötzlich und schaute dabei zur Zimmerdecke: »Übrigens … es ist nicht einfach für mich, Sex zu haben.«

»Ach … wirklich?«, sagte ich etwas überrascht. Es war, als hätte er mir eine Art Liebeserklärung gemacht. Auch weil ich angenommen hatte, dass er dieses Thema möglichst vermeiden wollte.

Seit Mama gestorben war, hatte ich absolut kein Bedürfnis nach Sex verspürt. So ist es wahrscheinlich oft, wenn man eine nahestehende Person verliert. Ich fühlte mich, als wäre ich innerlich wie ausgetrocknet, ausgelaugt. Sollte Nakajima aufdringlich werden, würde ich ihn rauswerfen – hatte ich mir vorgenommen. Daher versuchte ich so unauffällig wie möglich, dem Thema auszuweichen und ja keine Stimmung aufkommen zu lassen, die falsche Erwartungen geweckt hätte.

Doch andererseits hatte ich auch Angst davor, wegen blöder Missverständnisse Nakajima zu verlieren und womöglich selber in eine Depression zu verfallen. Das konnte ich jetzt nicht brauchen.

Jedenfalls hatte die Pflege von Mama so sehr an meinen Kräften gezehrt, dass ich schon länger keinerlei Lust mehr hatte, mit jemandem zu schlafen. Wen wundert's, wenn man jeden Tag damit beschäftigt ist, einen Hintern zu wischen und Bettpfannen und Nachttöpfe zu leeren. Und nicht nur das: Wenn Mama zur Untersuchung beim Krankenhausarzt war und ich etwas freie Zeit hatte, kümmerte ich mich manchmal auch noch um den alten Mann im Nachbarbett.

Mir wurde bewusst: Der Mensch besteht im Wesentlichen aus Fleisch und soundso viel Prozent Wasser. Das nahm mich wohl ein wenig mit.

Wenn ich Mama beim Wechseln ihres Pyjamas half, kam mir vom Kragen her der Geruch von etwas entgegen, was, ich kann es nicht anders sagen, irgendwie nach säuerlichem Wasser roch. Jetzt fehlt mir dieser Geruch, und ich würde so gerne das Rad der Zeit wieder zurückdrehen, doch damals dachte ich nur: Ach ja, der Mensch besteht aus Wasser, und fühlte mich deprimiert.

Ich hatte Nakajima nichts davon gesagt, doch mein Freund und ich hatten uns getrennt, weil er immer Sex von mir wollte und ich ihm das nicht bieten konnte. Das war der wahre Grund gewesen.

Wegen seiner Arbeit konnten wir uns nur an den Wochenenden etwas länger sehen, doch sein sexuelles Bedürfnis trieb ihn auch unter der Woche spätabends zu mir. Plötzlich stand er vor der Tür und wollte mit mir schlafen. Ich hatte absolut keine Lust, aber er war total scharf auf Sex, hätte es am liebsten überall und jederzeit gemacht. Wenn man selbst gut drauf ist, kann das ja Spaß machen, doch wenn einen andere Dinge beschäftigen, die Gefühle und Gedanken woanders sind, macht es überhaupt keinen Spaß. Kurz, ich mochte diesen Menschen nicht, er war mir fremd. Am Anfang war mir unsere Sex-Freundschaft noch gelegen gekommen, weil ich selbst auch Lust auf Sex hatte und, geblendet durch meine Leidenschaft, nicht merkte, dass ich ihn als Mensch gar nicht mochte.

Erst nach einiger Zeit merkte ich, wie sehr es mir widerstrebte, während seiner Anwesenheit das Fenster zu öffnen.

Denn ich wollte nicht, dass Nakajima ihn sah.

Das hat, glaube ich, deutlich gezeigt, dass die Beziehung nicht gut war.

Andererseits war ich oft mit Nakajima zusammen, den ich zweifellos sehr mochte, und stellte irritiert fest, dass mir immer noch die Energie fehlte, es mit ihm zu versuchen. Selbst ein junger, auf seine Weise attraktiver Mann konnte mich offensichtlich nicht aus der Reserve locken. Ich fragte mich auch nicht, was *er* denn für Gefühle haben könnte.

Doch hin und wieder ging es mir schon durch den Kopf: Wer weiß, vielleicht schaffen wir es irgendwann? Vielleicht wird das mal was mit uns?

Ich muss sagen, Nakajima war von einer Aura umgeben, die es unglaublich leichtmachte, alles zu akzeptieren; eine Aura, in deren Licht selbst die ungewöhnlichsten Dinge auf einmal ganz gewöhnlich erschienen, Verschwommenes auf einmal kristallklar wurde.

Durch seine Gegenwart wurde mir erstmals richtig bewusst, wie ich bisher die Welt wahrgenommen hatte und wie ich sie mir in Zukunft wünschte, in welche Richtung meine Gedanken gingen. Nakajima war die Ruhe selbst, wie ein Fels in der Brandung. Und genau das half mir, mein Leben mit anderen Augen zu sehen. Wie Kleinigkeiten mich sofort verunsichern und Stimmungsschwankungen mein Verhalten jederzeit verändern konnten; wie ich nie zu mir selbst fand, weil Schuldgefühle und Gewissensbisse mich immer irgendwo pikten, etwa wenn ich an die Beziehung meiner Eltern dachte oder an das Leben meiner Mutter – all das sah ich auf einmal ganz deutlich. Mutters halbherzigen Versuch, sich mit der Gesellschaft zu arrangieren, hatte ich bis zu ihrem Tod nie wirklich akzeptieren können und deswegen das Gefühl, eine schlechte Tochter zu sein. Du musst viel mehr Mitgefühl für sie aufbringen! Der Mensch ist schwach. Auf dem Lande sind die Menschen aufeinander angewiesen. Du bist ungebunden und wohnst alleine in der Stadt. Vergiss aber nicht, dass da, wo du herkommst, die sozialen Beziehungen immer noch sehr wichtig sind und dass auch deine Mutter Teil davon war. Wie kannst du nur so arrogant sein. Du musst dich ändern! – Solcherlei Gedanken kamen mir wieder und wieder und ließen mich nicht in Ruhe.

Als ich Nakajima begegnete und sah, wie er so sein eigenes Leben lebte und sich nur mit Dingen abgab, die er mochte, merkte ich erst, wie sehr ich in Wahrheit meiner Mutter ähnelte – die mehr auf die anderen gehört hatte als auf sich selbst, weil sie sich davor fürchtete, anders als die anderen zu sein. Und ich musste mir eingestehen, dass ich auch so eine selbstverleugnende, unterwürfige Seite hatte.

Ich begann mich zu fragen, was aus mir würde,

wenn ich so weitermachte wie bisher. Auf keinen Fall wollte ich sein wie meine Mutter, ich war überzeugt, dass ich einen ganz anderen Weg einschlagen würde, weil eben alles anders war: die Zeit, in der wir lebten, unsere Art, zu fühlen und zu denken, unsere Wertvorstellungen. Dennoch liebte ich Mutter und respektierte sie, das spürte ich tief in meinem Herzen.

Wenn man sich erst mal traute, die Maske falschen Mitgefühls fallenzulassen, dann kam darunter allmählich etwas Neues, Erfrischendes zum Vorschein: das Gefühl, vergeben zu können, die Vergangenheit Vergangenheit sein zu lassen.

Ah, das bedeutet also Erwachsenwerden, ging es mir plötzlich auf – und ich realisierte erst jetzt, warum Nakajima, der seit langem allein lebte, stets so reif auf mich gewirkt hatte.

Und nicht nur das; wenn er auch zerbrechlich wirkte, war er doch ein richtiger Mann.

»Aber versteh mich bitte nicht falsch, Chihiro. Ich will damit nicht sagen, dass du nicht attraktiv wärst, auf keinen Fall … Es tut mir leid.«

Nakajima schaute verlegen zu mir herüber.

»Schon gut, brauchst dich nicht zu entschuldigen. Und überhaupt – wer sagt denn, dass *ich* etwas von dir will? Woher weißt du, wie es um meine Gefühle steht?«, antwortete ich.

»Äh, ich dachte, so sind die Frauen. Wenn man nach einer Weile nicht ein bisschen mutiger wird, werden sie alle wütend.«

»Ich bin aber nicht wütend. Zudem sind wir erst auf dem Weg, uns etwas näher kennenzulernen. Das heißt, eigentlich hab ich bisher gar nicht an so was gedacht. Beruhige dich also.«

»Dann ist gut. Weißt du, ich habe einiges erlebt, früher. Wenn ich daran denke, schüttelt es mich fast vor Ekel. Leute, die sich ausziehen und dann anfangen herumzufummeln und so. Nackte Leute. Noch heute schaffe ich es nicht, in ein öffentliches Badehaus oder eine heiße Quelle zu gehen. Glaubst du mir?«

Ich hatte keine Ahnung, was genau geschehen war, aber es musste etwas Heftiges gewesen sein.

Wenn Leute dir schlimme Geschichten erzählen, ist es, als würdest du Geld von ihnen annehmen. Es gibt kein Zurück, das Hören beziehungsweise Annehmen ist wie eine Verantwortung, der du gerecht werden musst, hatte Mama oft gesagt. Es kam mir zwar etwas übertrieben vor, auch die ernsthafte Miene, die sie dabei aufsetzte, aber wahrscheinlich ist es so, dachte ich damals.

Deshalb hatte ich es mir zur Angewohnheit gemacht, persönlichen Leidensgeschichten wenn möglich aus dem Weg zu gehen.

Als Kind einer Mutter, die im Gastgewerbe arbeitete, nachts in einer Bar, wusste ich schon sehr früh, dass es für Horrorgeschichten keine Grenzen gab. Später an der Uni, wann immer eine Kommilitonin daherkam und ihre herzzerreißende Geschichte mit: »Eigentlich wollte ich es niemandem sagen, aber …« begann, fand ich es meist nur kindisch. Ich hatte einfach schon zu vieles und weit Verrückteres gehört, als dass mich die Storys dieser Grünschnäbel beeindruckt hätten.

Schon früh hatte ich begriffen, dass es in gewisser Hinsicht keinen großen Unterschied machte, ob zwei Menschen miteinander geschlafen haben oder nicht.

»Kein Problem, du musst nichts sagen. Erst recht, wenn es dich so quält«, sagte ich. »Und sollte ich tatsächlich irgendwann etwas von dir wollen und du kannst mir das immer noch nicht geben, tja, dann suche ich mir halt einen anderen Freund. Ganz einfach. Mach dir also bitte keine Sorgen, ja? Abgesehen davon … Ich bin jetzt auch nicht in der Stimmung, wirklich.«

»Okay …« Nakajima fing an, leise vor sich hin zu wimmern.

Plötzlich hatte ich das Gefühl, einen kleinen Jungen vor mir zu haben, und wurde traurig. Weil er wie ein kleines Kind weinte. Es sah aus, als könnte er mit seinen Tränen nirgendwo Trost finden, als wären sie für den lieben Gott allein bestimmt. Ich wollte ihn in die Arme nehmen, doch dann fiel mir ein, dass das schon zu viel sein könnte.

»Komm, gib mir die Hand. Lass uns so zusammen einschlafen«, sagte ich und nahm seine Hand in meine. Mit der anderen hielt er, seit er angefangen hatte zu weinen, seine Augen verdeckt. Jetzt weinte er noch heftiger. Fest umschloss ich die schmale, heißkalte, trockene Hand und ließ sie nicht mehr los.

Die Hitze seiner Hand schien mir zu sagen: Vielleicht ist es zu spät, es gibt Wunden, die nie mehr verheilen. Ich kann es ja nur erahnen, aber wahrscheinlich ist er als Kind sexuell missbraucht worden, dachte ich. Er muss vollkommen kaputtgemacht worden sein, so sehr, dass er sich bis heute nicht mehr davon hat erholen können. Womöglich braucht er noch mehr Zeit, viel mehr Zeit, um mit der Vergangenheit klarzukommen.

Mir wurde bewusst, dass ich mir meine flapsige Bemerkung von vorhin hätte verkneifen sollen. Es ist einfach, sich über etwas zu mokieren, was man nicht am eigenen Leib erfahren hat, zeigt aber nur, wie ahnungslos man ist. Was wusste ich denn schon über die Abgründe von Nakajimas Leid?

Und möglicherweise brachten selbst meine kleinen, für eine Frau ganz normalen Zeichen der Vertraulichkeit Nakajima völlig durcheinander und machten alles nur noch schlimmer.

Andererseits hatte auch ich eine gewisse Angst empfunden, als er mir sein Geständnis machte und ich sah, wie ihm dabei der Schweiß ausbrach. Ich war selbst noch nicht in der Lage, etwas Neues anzufangen, war müde und erschöpft, doch hoffte ich, bald wieder mitten im Leben zu stehen, mich zu verlieben, Spaß zu haben. Ich wollte ins Kino gehen, diskutieren, mich verabreden, essen gehen (auch wenn Nakajima es nicht mochte), ich wollte auf gute Weise Zeit verschwenden und das Leben genießen. Ich hatte keine Lust, mich mit belastenden Dingen herumzuschlagen. So wünschte ich es mir, aber mit jemandem wie Nakajima würde ich wohl nie in ein Onsen* fahren können, und mit Sex wäre es wohl auch nix. So was will ich nicht, ich will meinen Spaß haben!, dachte ich noch immer leichtherzig und unbekümmert.

Da schaute Nakajima mich an wie ein kleiner Schuljunge und sagte schniefend: »Wollen wir es nicht doch versuchen? Vielleicht klappt es ja. Ich hab das Gefühl, wenn ich es jetzt nicht schaffe, dann nie wieder in meinem Leben.«

* Wörtl. »heiße Quelle«. Meist in traditionellem japanischen Stil gehaltene Unterkunft, wo man/frau baden und sich kulinarisch verwöhnen lassen kann. Alte, beliebte Form japanischer Wellness. (A. d. Ü.)

»Okay, wenn du willst«, antwortete ich nur.

Nakajima sagte, er habe Angst davor, es nackt zu machen, deshalb streichelten und berührten wir uns im Pyjama. Sein Körper fühlte sich seltsam an, er schien es kaum zu genießen. Es war, als hätte ich mit jemandem Sex, der bei jeder Berührung dachte, wie schlecht das war, was er gerade tat.

Während sich unsere Körper bewegten, dachte ich unentwegt, dass ich meine Einstellung und Erwartung schon sehr ändern müsste, wenn ich weiter mit diesem Menschen zusammen sein wollte. Es war ein komisches Gefühl, ich war zwischen Widerwille und Faszination ziemlich hin- und hergerissen.

Denn hin und wieder schienen sich unsere Körper plötzlich im Gleichklang zu bewegen, nur für einen kurzen Moment, und dann war es, als erstrahlte da ein warmes Licht in der Dunkelheit. Es gab also vielleicht noch Hoffnung.

So weit meine Erinnerungen an unsere erste gemeinsame Nacht.

Nachdem meine Mama uns für immer verlassen hatte, hatte sich mein Leben in vielerlei Hinsicht verändert. Auf einmal musste ich, abgesehen von gelegentlichen Besuchen, nicht mehr in meine Heimatstadt zurück, Nakajima wurde zutraulicher und kam zu mir herüber – es geschah so plötzlich, dass ich mir nicht sicher war, ob ich alles nur träumte. Existierte ich womöglich nur im Traum einer mir ganz und gar fremden Person? War das wirklich Realität gewesen? Die Knochen, das Krematorium …

Und dann bekam ich auch noch einen ziemlich großen Auftrag.

Zunächst war ich ja eine eher erfolglose Kunstmalerin gewesen, bis ich mich irgendwann auf Wand- und Mauerbilder spezialisierte. Die Besonderheit meiner Bilder lag in der Farbgebung, und so kam es, dass meine Arbeiten gelegentlich im Fernsehen gezeigt wurden und ich ziemlich viele Aufträge bekam. Ich war oft unterwegs, doch da ich selbst weder ein Auto noch den Führerschein hatte, heuerte ich meistens eine Studentin oder einen Studenten an, um mich an die verschiedenen Orte zu fahren. Und obwohl ich nicht so bekannt war, gab es genug Arbeit; ich bemalte Hausmauern, Gartenanlagen, baufällige Aquarien, Schuppen von Nachbarschaftsvereinigungen und dergleichen. Wichtig war mir vor allem, dass die Bilder im Freien zu sehen waren und ich sie nach meinen eigenen Vorstellungen malen konnte. Anfragen für genau vorgegebene Motive lehnte ich in der Regel ab. Hatten die Kunden nur ungefähre Wünsche wie Früchte, Tiere oder das Meer, kam ich ihnen gerne entgegen. Bisher hatte ich mehr als zwanzig Wände und Mauern, Lagerschuppen und Spielgeräte in Parks bemalt.

Das heißt jedoch nicht, dass ich von Anfang an ernsthaft daran gedacht hätte, mit der Wandmalerei meinen Lebensunterhalt zu verdienen. Ich fing einfach mal damit an, und weil ich Erfolg hatte, machte ich weiter.

Wenn ich an einem Bild arbeitete, genoss ich am allermeisten den damit verbundenen Alltag, das ganze Lebensgefühl. Der künstlerische Wert meiner Bilder war mir nicht so wichtig, es hatte auch keinen Sinn, zu sehr auf Details zu achten, denn eines Tages würde alles durch Abriss sowieso wieder zerstört oder auf Anordnung irgendeiner Verwaltung übermalt werden. Solange ich Spaß an der Arbeit hatte, mit den Leuten der Gegend plaudern und Freundschaften knüpfen konnte, solange meine Bilder die Herzen der Anwohner erwärmten, war alles in Ordnung.

Die Mauer, die ich nun bemalen sollte, befand sich auf dem Campusgelände meiner ehemaligen Kunsthochschule und war nicht sehr hoch. Sie trennte die eigentliche Uni vom Bereich einer jetzt privat betriebenen Einrichtung für frühkindliche Erziehung. Als ich studiert hatte, war es noch ein normaler, der Uni angegliederter Kindergarten gewesen. Auf der Uni-Seite war die Mauer bereits vor längerer Zeit bemalt worden, doch die andere Seite, auf die die Kinder sahen, war einfach gelb angestrichen. Es hieß, ich könne da malen, was ich wolle.

Der Campus war nicht weit weg, und an das Gebäude mit dem Kindergarten erinnerte ich mich sofort wieder. So zögerte ich keinen Moment, als meine Studienfreundin Sayuri, die dort Klavierunterricht gibt, mich anrief und mir von dem Projekt erzählte.

Das Gebäude war alt, hatte aber einen besonderen Charme, weil der Architekt, der in der Nachbarschaft aufgewachsen war, für die Kinder etwas Einmaliges, Originelles bauen wollte. Ein Haus, das vielen Kindern auch später in unvergesslicher Erinnerung bleiben würde.

Nicht nur das Haus selbst, auch die Form der Mauern, die Gartenanlage mit den künstlichen Hügeln – alles war kindergerecht und hübsch gemacht, und während ich an der Uni war, hatte mir diese Oase des Glücks immer gefallen. In der Mittagspause hatte ich oft, an die Mauer gelehnt, meinen Lunch gegessen und den Kindern zugeschaut. Wie gerne wäre ich an einem Ort wie diesem zur Schule gegangen, hatte ich gedacht und mir gewünscht, wieder ein Kind zu sein.

Doch wurden nun offenbar Stimmen laut, das Gebäude müsse abgerissen werden, weil es baufällig und gefährlich sei und die Renovierung zu teuer wäre. Sogar das Fernsehen plante einen Beitrag zu dem Thema. Die Gegner des Abrisses wollten zusammen mit mir, die ich ja die Mauer verschönern sollte, ein Interview geben, und ich sagte zu.

Die politische Aktion interessierte mich allerdings nur am Rande; vielmehr wollte ich mit den Kindern meinen Spaß haben, ihnen in die Augen schauen und das, was ich dort sehen würde, auf der Mauer verewigen. Diesen Frühling werde ich damit genug zu tun haben, dachte ich. Darüber hinaus wollte ich mir keine Gedanken machen, wozu auch.

Etwas Neues erschaffen … Das sieht oft so aus, als hätte man alles in der Hand, als würde die Inspiration auf einen niederregnen und der Rest ergäbe sich von selbst. In Wahrheit jedoch bringt man allein gar nichts zustande.

Ich wusste, ohne die Kinder würde nichts daraus werden. Sie würden mir helfen, etwas für die Ewigkeit zu schaffen. Eine Ewigkeit, die auch dann fortdauern würde, wenn die Mauer eines Tages nicht mehr stehen sollte. Das reichte mir vollkommen.

Durch die Pflege meiner Mutter und das Organisieren ihrer Beerdigung fühlte ich mich, als wäre ich durch ein Meer aus Schlamm und Morast gewatet, und ich wünschte mir nichts sehnlicher, als diesen schweren Ballast loszuwerden und mich durch die Arbeit wieder reinzuwaschen.

Gewiss, die Pflege war eine große Belastung gewesen, in meinem Kopf drehte sich alles nur um Mama – und dennoch kam es mir gar nicht so schlimm vor, weil ich stets nach vorne blickte und irgendwo ein Licht sah oder etwas anderes, das mir Mut machte. Der Krankenhausalltag war mit der Zeit zur Normalität geworden. Manchmal war ich selbst irritiert, wenn ich plötzlich vergaß, dass ich mit Mama nicht mehr so reden konnte wie früher.

Doch obwohl ich immer an Mama dachte und für sie tat, was ich konnte, lag sie irgendwann nur noch wie bewusstlos da, dämmerte stumm vor sich hin. Das war das Einzige, was mich wirklich schmerzte.

Das Meeting am Nachmittag verlief gut.

Die Kindereinrichtung wurde von einem sehr netten Ehepaar geleitet. Zusammen waren sie offenbar in Amerika gewesen und hatten dort in einem Kindergarten gearbeitet. Wir einigten uns darauf, dass ich eine muntere Schar verschiedener Tiere malen würde. Allerdings war die Mauer mit ihren Buckeln, Dellen und Rissen leider nicht in bestem Zustand, und Geld und Zeit für einen neuen Verputz waren nicht vorhanden. Immerhin schien es möglich, mit einer guten Grundierung die gröbsten Unebenheiten zu kaschieren, und da der Boden an der Mauer nur Erde war, musste auch nichts mit Plastikplanen abgedeckt werden.

Fast ideale Arbeitsbedingungen also. Zudem war die Stadt bereit, einen Teil der Kosten zu übernehmen, insgesamt würde ich 500 000 Yen verdienen. So konnte ich mir für ein paar Tage jemanden leisten, der mit dem Auto die vielen Dosen mit Dispersionsfarbe – bestimmt zwanzig pro Tag – und Malutensilien transportierte und mir auch sonst bei der Arbeit half. Leitern waren vorhanden, und in einem Lagerschuppen würde es sicher noch Platz geben, um Farben, Pinsel und so weiter aufzubewahren. Alles in allem sah es nach einem reibungslosen Start aus. Gerade bei einer Institution wie hier, wo sowohl öffentliche als auch private Interessen im Spiel waren, konnte die kleinste Meinungsverschiedenheit zu erheblichen Spannungen führen. Aber ich hatte ein gutes Gefühl.

Während ich die Länge der Mauer begutachtete, dachte ich an Nakajima: Ob er heute bei mir übernachtet?

Nicht, dass ich bei dem Gedanken euphorisch geworden wäre, aber ich spürte doch, wie ein warmes Gefühl mich durchströmte.

So wie bei jemandem, der sich gerade frisch verliebt hat.

Aber was, wenn ich mich bis über beide Ohren in einen andern Mann verliebte und Nakajima nicht mehr in meiner Wohnung haben wollte?, ging es mir plötzlich durch den Kopf. Einen Moment lang war ich unsicher. Keine Frage, Nakajima hatte eine starke Anziehungskraft – aber die große Liebe? Das schien mir doch was anderes zu sein.

Ich war einfach froh, jemanden in meiner Nähe zu haben, und freute mich jedes Mal, ihn zu sehen. Wenn unsere Beziehung aber immer enger würde und dann so etwas passierte … ziemlich blöd. Wie würde er reagieren, wenn ich ihn nicht mehr zu mir ließe? Wer weiß, ob er dann nicht verrückt werden oder sich gar umbringen würde?

Da ich selbst nie erlitten hatte, was er erleiden musste, war es unmöglich, mir von seinen Gefühlen eine Vorstellung zu machen. Ich konnte mir nicht anmaßen, ihn zu verstehen, sondern musste mir offen eingestehen, dass er für mich ein Buch mit sieben Siegeln war.

Und dennoch war ich zuversichtlich. Ich mochte Nakajima und glaubte an unsere Beziehung. Fast übervorsichtig hatte ich mich ihm angenähert, seine Art immer mehr schätzen und lieben gelernt. Oder anders gesagt, weit und breit sah ich sonst niemanden, der mich irgendwie in Bann gezogen hätte. Ich konnte und wollte ihm nicht mehr entkommen.

Es ist wie beim Bauen eines Hauses: Da gibt es Leute, die ein Stück Land suchen, einen Architekten beauftragen, der ihre Pläne umsetzt, und alle Materialien, zum Beispiel für Böden und Wände, bis ins letzte Detail selber bestimmen wollen. Bei mir ist es ganz anders. Ich mag es, aufs Geratewohl umherzuschweifen, bis ich über etwas stolpere, das meine Aufmerksamkeit weckt, und schaue es mir dann genauer an.

Bei der Wandmalerei ist es ähnlich: Es gibt Künstler, die zuerst die Unebenheiten beseitigen und Risse verfugen, außerdem alles weiß grundieren, so dass eine sozusagen perfekte Leinwand entsteht. Dann denken sie sich ein Motiv aus, farblich zur Umgebung passend, zeichnen es auf ein Blatt Papier und übertragen es – fast gleich, nur entsprechend größer – auf die sorgsam präparierte Fläche. Mir hingegen macht es viel mehr Spaß draufloszumalen, und wenn etwas Unvorhergesehenes dazwischenkommt, versuche ich einen Weg zu finden, helfe mir mit dem einen oder anderen Trick. Das klappt fast immer. Ich reagiere spontan auf die Gegebenheiten des Ortes, male aus der Stimmung heraus. Die Gedanken in meinem Kopf spielen dabei überhaupt keine Rolle. Ich vertraue ihnen nicht. Ich sauge auf, was in meiner Umgebung geschieht, fühle den Rhythmus der Zeit, bewege meinen Körper dazu ... und das, wenn immer möglich, im Freien.

Wenn ich so male, spüre ich meistens eine besondere Art von Harmonie. Es ist, als würde ich mit der Welt um mich herum tanzen, mit ihr verschmelzen.

Und wenn der Tanz zu Ende ist, sage ich für immer adieu und mache mich auf zum nächsten Rendezvous.

Natürlich wusste ich genau, dass meine Methode auch etwas Dilettantisches hatte. Für mich war die Wandmalerei mehr Hobby als Beruf, deshalb störte mich das nicht. Ich war ja eigentlich immer noch in der Experimentierphase, wollte herausfinden, ob ich wirklich das Richtige machte, und hoffte, meine Schwächen mit der Zeit in den Griff zu bekommen, auf meine eigene Art. So würde aus dem Hobby vielleicht schon irgendwann ein Beruf werden. Um wirklich gut zu werden, musste ich mich aber intensiver mit meiner Malerei auseinandersetzen, musste meine Methode verfeinern und vertiefen. Die Ergebnisse würden sich dann wie von selbst zeigen, dachte ich und nahm mir vor, langsam, aber stetig weiterzumachen.

Erwartungsgemäß wurde meine Wandmalerei auch kritisiert: »Miese Technik, stümperhafte Bilder, und dann kommt sogar noch das Fernsehen und gibt der Dame das Gefühl, berühmt zu sein …« Dergleichen Kommentare kamen mir zu Ohren, doch in einem Punkt – und davon war ich hundertprozentig überzeugt – konnte mir keiner etwas vormachen, weil mir das so wahnsinnig wichtig war und ich meine Sinne dafür geschärft hatte: Bilder, die sich draußen befinden und der Witterung ausgesetzt sind, verblassen normalerweise innerhalb weniger Jahre und verlieren dadurch an Ausdruckskraft; doch mit meiner Methode würden sie auch noch nach Jahrzehnten frisch und lebendig wirken. Entscheidend war, sich ganz auf den Ort zu konzentrieren – die Landschaft, die Menschen, die Luft –, die Atmosphäre mit allen Sinnen einzufangen, so dass die Motive und Farben sich ohne absichtliches, willkürliches Zutun ergaben. Wenn meine Sinne mich nicht in die Irre führten, wenn meine Konzentration mich nicht plötzlich im Stich ließ und ich einen Zustand vollkommener Harmonie erreichte, dann konnte eigentlich nichts mehr passieren, und das Bild würde zehn, zwanzig, ja hundert Jahre überstehen, ohne in irgendeiner Weise zu altern. An diesen einen Punkt glaubte ich felsenfest.

So wie ein Zimmermann Grund hat, stolz zu sein

auf das Haus, das er errichtet hat, hatte auch ich meinen Stolz und war überzeugt, dass mein Vorgehen grundsätzlich richtig war. Keine noch so harsche Kritik konnte mich verunsichern, zumindest in dem einen Punkt nicht. Ich wollte mir selbst treu bleiben und mit kleinen, eigenwilligen Markierungen da und dort Spuren in der Welt hinterlassen, wie ein Hund, der sein Revier markiert.

Ich weiß nicht, ob es etwas mit dem Verliebtsein zu tun hat, aber Nakajima und ich sprachen nie über Vorbereitungen, Pläne oder gar Träume. Es gab nur uns zwei, im Hier und Jetzt, und so ging es mit uns immer weiter.

Ich dachte es nicht nur, sondern empfand es wirklich: Einen so besonderen Menschen wie Nakajima gibt es sonst nirgends auf der Welt.

Noch nie hatte ich jemanden so wie ihn nachts am Fenster stehen sehen, eine schmale, fast körperlose Gestalt. Er misstraute den Menschen und ihrer Gesellschaft von Grund auf, betrachtete sie wie von außerhalb. Die Art, wie er dastand, hatte etwas Trauriges, aber zugleich auch etwas Starkes. Ich war unglaublich fasziniert und konnte meinen Blick gar nicht mehr von ihm abwenden.

Wenn ich jetzt zurückdenke an diese Zeit, als ich wer weiß wie lange gebannt auf das Fenster mit seiner

Silhouette geschaut hatte, komme ich mir wie ein pubertierendes Schulmädchen vor, das unsterblich verliebt war und sich die Gestalt des Angebeteten für alle Ewigkeit einprägen wollte. Wie war es möglich, dass er in so vollkommener Schönheit dastehen konnte? Diese Frage hatte mir keine Ruhe gelassen.

Ein wenig düster hier …

Ich sah zu den kahlen, blätterlosen Ästen hoch. Wie die Finger einer Hand ragten sie in den Himmel, dazwischen dieses eigenartig fahle, milchige Licht, in dem sich der Winter zu verabschieden und der Frühling bereits anzukündigen schien.

Hier war ich jeden Tag zur Uni gegangen, dieser Ort war mir nach wie vor vertraut. Das Bild würde mir wohl kaum misslingen, aber um sicher zu sein, dass mir wirklich nichts entging, verweilte ich noch ziemlich lange da. Das Bild soll Melancholie und Fröhlichkeit ausstrahlen, ein wenig von beidem, dachte ich und sah, wie sich auf der Mauer bereits ein schönes, noch sehr vages Bild abzuzeichnen begann.

»Gehst du nach Hause, Chihiro?«

Es war Sayuri, sie hatte mir den Auftrag für das Mauerbild verschafft. Die Klavierstunde sei eben zu Ende gegangen, sagte sie. Bevor die nächsten Kids am frühen Abend kamen, gönnte sie sich wohl eine kleine Pause.

Ich mag es, den Lebensrhythmus anderer Leute kennenzulernen, daran teilzuhaben. Es ist interessant, wie Reisen.

»Nicht unbedingt. Gehen wir was trinken?«, sagte ich.

»So viel Zeit hab ich jetzt leider nicht«, sagte Sayuri.

Da ich zuvor zwei Dosen Kaffee gekauft hatte, reichte ich ihr eine.

»Denkst du immer noch an diesen Typ?«, fragte Sayuri. »Den komischen, dünnen, der auf eine Uni für besonders Schlaue geht?«

»Stimmt, ich hab dir mal von ihm erzählt, oder? Nakajima heißt er. Mittlerweile denke ich nicht nur an ihn – wir sind schon fast ein Liebespaar, würde ich sagen.«

»Was macht er noch mal an der Uni?«

»Chromosomenforschung. Aber was er konkret macht, keine Ahnung. Ich weiß nur, er schreibt gerade einen Aufsatz über das 21. Chromosom, wie es zum Downsyndrom kommt und was passiert, wenn … Sorry, ich hab's vergessen. Er hat versucht, es mir zu erklären, aber ich versteh das nicht. Zu kompliziert. Leider schreibt er auf Englisch, so dass mir auch ein heimlicher Blick ins Manuskript nicht mehr verraten würde.«

»Alles klar, ich hab immerhin verstanden, dass

du nichts verstanden hast. Aber im Ernst … Dann kommt ihr beiden wohl ganz gut miteinander aus – und das, obwohl du dir keinen Reim darauf machen kannst, was ihm so wichtig ist.«

»Du sagst es. Es wär einfacher, wenn er sich mit Kulturanthropologie oder Volkskunde oder französischer Literatur beschäftigen würde.«

»Stimmt, da könnte man sich wenigstens noch was darunter vorstellen.«

»Na ja, es kann auch Vorteile haben, von einer Sache nichts zu verstehen. Ich bin im Moment ganz zufrieden. Ehrlich gesagt, fühle ich mich so gut wie noch nie. Es ist so friedlich, wenn ich mit ihm zusammen bin, und dennoch sehr intensiv. Eine Ruhe und Abgeschiedenheit wie beim Tauchen, vom Treiben der Welt entrückt. Es ist kaum zu erwarten, dass unsere Beziehung noch viel aufregender wird. Mich von ihm zu trennen, kann ich mir aber genauso wenig vorstellen.«

»Gerade erst habt ihr beiden was angefangen, und jetzt redest du schon so?« Sayuri lachte.

»Ich habe nicht nachgefragt, aber offenbar hat er vor langer Zeit etwas Schlimmes erlebt. Wer viel zusammen ist, erfährt früher oder später sicher mehr, deshalb wollte ich nichts forcieren. Ich glaube, unsere entspannte Beziehung kommt ihm ganz gelegen. Meinst du, es wäre besser, ihn nach seiner

Vergangenheit zu fragen? Ihn aus der Reserve zu locken?«

»Muss nicht sein, wenn du denkst, es ist gut so, wie es ist. Ich hoffe nur, dieses ›Schlimme‹ ist nicht allzu schlimm. Ein Verbrechen, Flucht vor irgendwas, Bankrott, Schulden am Hals … Das ginge ja vielleicht noch, Hauptsache, es ist Vergangenheit und bleibt es auch.«

»Hm, so wie ich ihn kenne, sind es eher nicht solche Sachen. Vielleicht war es ja auch gar nicht was sehr Schlimmes. Er hat mir nur erzählt, dass er ein enges Verhältnis zu seiner Mutter hatte und es ein großer Schock für ihn war, als sie starb. Aber das allein kann es nicht gewesen sein. Irgendetwas muss ihn noch viel tiefer verwundet haben.«

»Hoffentlich ist es psychisch keine allzu große Belastung mehr für ihn.«

»Es *ist* eine Belastung, das spüre ich ganz deutlich, aber ich hoffe dennoch, dass er nicht resigniert und den Lebensmut verliert. Bis hierher hat er es ja schon mal geschafft. Und wenn er sein zurückgezogenes, ruhiges Leben wie gewohnt weiterführen kann, wird es sicher gutgehen.«

In Wahrheit waren meine Worte mehr ein Bitten oder gar Beten. Ich will, dass du lebst!, flehte ich Nakajima innerlich an.

Seinem Schmerz, seiner Pein gegenüber fühlte

ich mich hilflos. Ich hatte erlebt, wie er nachts im Schlaf plötzlich aufschrie, erwachte und am ganzen Leib zitterte; wie er Schweißausbrüche bekam, wenn er in eine große Menschenmenge geriet; wie bestimmte Musikstücke furchtbare Kopfschmerzen bei ihm auslösten. Auch hatte er mir erzählt, dass er nach dem Tod seiner Mutter recht lange nur daran gedacht habe, ihr in den Tod zu folgen … Das sind nur Bruchstücke, aber je länger wir zusammen waren, desto mehr begriff ich, wie es wirklich um ihn stand.

Plus und Minus gehören zusammen, und wo Licht ist, ist auch Schatten. Er kam mir vor wie ein mythisches Wesen, mit Kräften ringend, die er nicht – oder nur mühsam – beherrschen konnte.

»Bei meiner Arbeit habe ich immer wieder mit Problemkindern zu tun«, sagte Sayuri. »Einige scheinen von ihrem Naturell her aggressiv zu sein, oder sie haben mentale Probleme, weil im Kopf etwas nicht ganz in Ordnung ist. Doch meist sind die Eltern das eigentliche Problem. Wenn in jungen Jahren mit den Eltern etwas passiert, leidet auch das Kind darunter, etwas in seinem Inneren gerät aus dem Gleichgewicht oder zerbricht vielleicht sogar, und das Kind muss mit dem Defizit, ob groß oder klein, klarkommen und es im Verlauf seiner Entwicklung wieder auszugleichen versuchen. Solche

Kinder sehe ich oft. Es gibt viele Probleme, und bei jedem Kind zeigen sie sich wieder anders, so dass es schwierig ist, angemessen zu reagieren. Als Klavierlehrerin geht es ja noch, weil meine Verantwortung begrenzt ist, aber wenn du Kindergärtnerin wärst, müsstest du dich dauernd mit den Eltern herumschlagen, was die Sache nicht einfacher macht. Ach, in letzter Zeit gibt es so viele kaputte Familien, zu viele. Nicht zuletzt wegen der Eltern, die selber auf Hilfe angewiesen wären.«

Ich nickte. Allein dadurch, dass ich hier war, an diesem Ort mit der Mauer, die ich bemalen sollte, konnte ich verstehen, was Sayuri meinte. Heutzutage gab es Eltern und Kinder mit Problemen, wie es sie früher nie gegeben hatte. Doch Nakajima gehörte nicht dazu, ich spürte es. Seine Probleme waren anderer Art, kamen von woanders her.

»Ich weiß nur, dass ihm irgendetwas widerfahren ist. Oft wirkt er seltsam bedrückt, als ob er sich unwohl in seiner Haut fühlte. Da muss etwas passiert sein. Seine Eltern ließen sich zwar scheiden, wie er mir bruchstückhaft erzählt hat, doch soll es im Vorfeld zu keinen wüsten Streitereien gekommen sein. Und über mangelnde Liebe, zumindest von Seiten der Mutter, konnte er sich auch nicht beklagen – im Gegenteil. Also ich glaube, die Eltern sind nicht der Grund des Problems. Jedenfalls ist Nakajima ein total netter Mensch, und in seiner Kindheit oder Jugend muss etwas Außergewöhnliches, Ungeheuerliches geschehen sein. Mehr weiß ich nicht.«

»Etwas Ungeheuerliches … zum Beispiel?«

»Zum Beispiel Kidnapping oder sexueller Missbrauch, nicht nur innerhalb der Familie. So was in der Richtung.«

Als ich mich so reden hörte, fuhr es mir plötzlich wie ein Blitz durch den Kopf.

Man erlebt das manchmal: Man sagt etwas ins Blaue hinein und merkt, es stimmt! So auch jetzt: Was ich eben gesagt hatte, kam einer Antwort möglicherweise ziemlich nahe. Das spürte ich intuitiv, redete aber erst mal weiter.

»Jedenfalls ist er sehr speziell, in seiner ganzen Art. Irgendwie weltfremd, oder, positiv gesagt, entrückt. Ich vermute, es ist einfach sein Wesen, und das, was früher vielleicht geschehen ist, hat diese Eigenart nur verstärkt. Na ja, ich habe Geduld und werde nichts übereilen. Wir brauchen beide unsere Zeit, um einander besser kennenzulernen.«

Während ich so redete, wurde mir bewusst, wie sehr mich Nakajimas Angelegenheit beschäftigte. Ich wollte die Wahrheit über ihn erfahren und spürte zugleich, wie etwas in mir sich nach wie vor dagegen sträubte. Doch genau deswegen spürte ich wohl diesen inneren Widerstand – weil ich mich im Grunde schon entschieden hatte.

Vielleicht war es bereits so weit, und ich hatte angefangen ihn zu lieben, ihn wirklich zu lieben. Zum ersten Mal in meinem Leben war Liebe nicht einfach nur ein Spiel, sondern etwas viel Tieferes, Größeres zwischen Mann und Frau.

Ich merkte das, weil ich vorsichtig war – so wie Mama bei Papa vorsichtig gewesen war. Je mehr sie Papa liebte, desto vorsichtiger wurde sie.

»Und wie steht's mit dem Geld? Hat er welches?«

»Ja, hat er. Solange er noch an seinem PhD arbeitet, schickt der Vater ihm Geld, sagt er. Die Mutter wird ihm wohl auch etwas hinterlassen haben. Im Moment hat er noch seine eigene Wohnung, doch die Abende verbringt er meistens bei mir und bezahlt auch seinen Anteil an Essen, Strom, Wasser und so weiter. Jeden Monat. Er berechnet alles haargenau, bis auf den Cent.«

»In der Hinsicht scheint er sehr solide zu sein.«

»Und du scheinst zu wissen, wovon du sprichst, oder nicht, Sayuri?«

»Na ja … Sieht doch gut aus für euch beide. Als könntet ihr ein Leben lang zusammenbleiben. Er ist zwar ein bisschen schräg, aber du ja auch. Die perfekte Kombination!«

»Wir werden sehen. Lassen wir es einfach mal laufen«, sagte ich und dachte dabei: Wenn denn überhaupt etwas läuft.

»Übrigens, Sayuri, bist du nicht gekommen, weil du mir etwas sagen wolltest?«

»Stimmt, ich wollte mich nur bei dir entschuldigen, wegen dem Fernsehen und dem Tamtam um die Mauer.«

»Kein Problem, mach dir keine Sorgen.«

»Jetzt bist du richtig berühmt! Kommst in den Nachrichten und so.«

Ich lachte. »Richtig berühmt? Ach was.«

»In dieser Stadt jedenfalls schon. Wenn du die Mauer bemalst und sie zu einer Attraktion wird, wird das Gebäude hier vielleicht nicht abgerissen. Es gibt nicht wenige Leute, die sich Hoffnungen machen.«

»Aha.«

»Es tut mir wirklich leid, ich wollte dich nicht unter Druck setzen und dich auch nicht in diese Diskussion hineinziehen.«

»Auf welcher Seite bist du denn, Sayuri?«

»Natürlich will ich nicht, dass das Gebäude abgerissen wird. Weil dieser Ort ein wesentlicher Teil meines Lebens ist und viele Kinder schon seit Jahren zu mir kommen. Doch deswegen habe ich dich nicht angefragt. Ich wollte wirklich nur ein großes

Bild von dir sehen, hier an meinem Arbeitsplatz, und die Mauer war eine gute Gelegenheit. Ich wollte deine Kunst in keiner Weise instrumentalisieren oder dich ein Bild malen lassen im Wissen darum, dass es mit der Mauer sowieso bald wieder zerstört würde.«

Sayuri konnte ich vertrauen. So war sie immer gewesen.

Sie senkte ihren Blick. Ich sah die feinen Härchen um ihre Ohren, ihre dichten Augenbrauen und dachte dabei, sie meint es ernst, sie erzählt mir kein Märchen. Sicher hat sie sich eine Menge anhören müssen, aber sie hat es für sich behalten und versucht, mich vor allen möglichen Unannehmlichkeiten zu schützen.

»Im Zusammenhang mit meinem Mauerbild bin ich jederzeit bereit, Interviews zu geben. Es macht mir wirklich nichts aus. Nur wenn es um andere Dinge geht, da muss ich passen, sorry.«

»Schon gut, danke. Ich möchte dich nur um eines bitten, obwohl die Chancen sehr klein sind: Falls das Haus und auch die Mauer in nicht allzu ferner Zukunft abgerissen werden sollten, sei mir bitte nicht böse. Solange ich hier bin, werde ich jedenfalls für dein Bild kämpfen und tun, was ich kann.«

»Das ist nett von dir. Aber ich male ja nicht für die Ewigkeit. Es ist nicht deine Schuld, Sayuri.«

»Auf jeden Fall werde ich viele Fotos machen und sie ins Stadtarchiv bringen, damit dein Bild dokumentiert ist.«

Wenn ich gesagt hätte, es ist mir völlig egal, ob meine Bilder bleiben oder nicht, hätte ich gelogen. Doch wenn ich gesagt hätte, dass die Bilder für immer und ewig bleiben sollen, hätte ich noch mehr gelogen. Was ich in meinem Alltag fühlte und interessant fand, malte ich als großes Bild auf Mauern und Wände. Die Welt draußen war für mich eine Art Notizbuch, mehr nicht. Ich sah es eher als spielerische denn als ernsthafte Angelegenheit.

Doch wenn ich an Sayuri dachte, die sich wirklich mit den Kindern und ihren Problemen beschäftigte und dabei sicher auch die eine oder andere Sorgenfalte riskierte, schämte ich mich fast ein wenig.

Ehrlich gesagt, war mir alles recht, mochten meine Bilder nun zerstört oder bewundert werden. Und selbst wenn die Kindereinrichtung dem Boden gleichgemacht wurde – solange die Menschen dort gut und gescheit waren, würden ihre Samen auch irgendwo anders sprießen und Früchte tragen.

Wahrscheinlich fürchtete ich mich vor allem, was mir absolut oder endgültig erschien. Ich wollte, dass alles wie ein Fluss immer in Bewegung blieb und ich diesem Fließen vom Ufer aus zuschauen konnte.

So fühlte ich mich den Menschen nah, aber richtige Freunde, denen ich alles anvertrauen konnte und die mir ihrerseits alles anvertrauten, gewann ich mit meiner Art natürlich nicht. Da blieb immer eine gewisse Distanz.

Erst mit Nakajima wurde es anders. Ich empfand ihn als ersten wirklichen Freund in meinem Leben. Zwar machte er einen ungemein zarten, zerbrechlichen Eindruck, aber zugleich spürte ich intuitiv, dass man ihm vertrauen konnte.

In unserer Beziehung sah ich mein Selbst wie in einem Spiegel. Und an dem, was ich sah, konnte ich nichts Falsches erkennen. Es gab mir Sicherheit und Frieden.

Allein dadurch, dass ich nicht in Mamas Nähe wohnte, hatte ich geglaubt, selbständig und unabhängig zu sein. Doch jetzt, da ich auf mich allein gestellt war, wurde mir bewusst, wie sehr mir Mama eine seelische Stütze gewesen war.

Ich hatte sie nie direkt um Rat gefragt, aber immer wenn sich in meinem Leben größere Veränderungen abzeichneten, rief ich sie an, einfach um ihre Stimme zu hören, oder ich fuhr zu ihr, weil ihre Gegenwart mich beruhigte. Diese kleinen Dinge gaben mir Halt und brachten mich, im Guten wie im Schlechten, zu den Wurzeln meiner Herkunft zurück. Wo diese waren, ob sie schon vor meiner Geburt irgendwo vorhanden waren, wusste ich freilich selbst nicht genau.

Als Kind hatte ich mich nach Mama umgedreht, ihren Blick gesucht und mich so meiner selbst vergewissern können; jetzt musste ich das allein bewerkstelligen. Na ja, nicht ganz, ich hatte Nakajima, der mich spiegelte, doch sobald ich wegschaute, drohte ich mich zu verlieren. Er war eben kein Fixstern, so wie Eltern es für ihre Kinder sind.

Der Eindruck von Mamas Sterben war so nachhaltig, dass mir die Erinnerung an jene Zeit, als sie vor Energie und Lebenslust geradezu sprühte, nicht gelingen wollte. Ich erinnerte mich nur an ihre qualvollen letzten Atemzüge, den Geruch des nahenden Todes – solcherlei Dinge. Am Allergegenwärtigsten war mir aber noch jetzt das ohnmächtige Gefühl, meiner dahinsiechenden Mama nicht helfen zu können, einfach zuschauen zu müssen, wie die Krankheit sie unwiederbringlich in eine unerreichbare Welt entführte.

Während Mama mit dem Tod kämpfte, kam mir plötzlich ein Buch in den Sinn, in dem ich gelesen hatte, dass man Sterbende nicht zu sehr zurückhalten soll, weil es sie möglicherweise daran hindere, als Buddha wiedergeboren zu werden. So riss ich mich zusammen, hielt, so gut es ging, meine Tränen zurück und bedankte mich tausendmal für alles, was Mama je für mich getan hatte. Heute kann ich nur sagen, wie dumm ich damals gewesen bin. Hätte ich bloß geheult und geflennt wie ein kleines Kind; wäre ich doch wie Papa über dem Sarg zusammengebrochen, hätte hysterisch geweint und einen Tumult ausgelöst, untröstlich über Mamas Verlust; hätte ich doch bloß all die aufdringlichen Blicke und das förmlich-steife Getue der Umgebung ignoriert und mich so gezeigt, wie mir wirklich zumute war!

Hätte ich es getan, wäre Mama mir vielleicht nicht wie an jenem Tag im Traum erschienen, besorgt über meinen Wesenszug, immer etwas zurückhalten, unterdrücken zu wollen, statt meinen Gefühlen freien Lauf zu lassen und mich voll und ganz in Nakajima zu verlieben.

»Ich möchte alte Freunde von mir besuchen, aber ich habe Angst, allein zu gehen. Würdest du vielleicht mitkommen?«, fragte mich Nakajima eines Tages. Es war ungefähr zwei Wochen, nachdem er das erste Mal bei mir übernachtet hatte. Seither hatten wir nicht mehr miteinander geschlafen, doch Nakajima war jeden Abend bei mir geblieben. Es war ihm wichtig, mir zu versichern, dass er seinen Anteil an den Nebenkosten entsprechend erhöhen werde.

Weil es mit der geplanten Mauermalerei erst in einer Woche losgehen sollte, hatte ich ein wenig freie Zeit.

Und weil ich freie Zeit hatte, probierte ich mit dem sicher sündhaft teuren Import-Schinken, von dem Papa mir ein riesiges Stück geschickt hatte, verschiedene Gerichte aus: gebratener Reis mit Schinken und Ananas, Schinken-Steak, Schinken-Risotto und so weiter. Ich probierte so viele Sachen aus, dass Nakajima, der sich nie über das Essen beklagte und alles aß, was auf den Tisch kam, irgendwann bemerkte, ob ich nicht mal etwas ohne Schinken machen könne.

Weiter nutzte ich die Zeit, um mit einem jüngeren Kollegen von der Kunsthochschule Farben für das Mauerbild einzukaufen, Werkzeuge und Pinsel vorzubereiten, und dann saß ich auch schon an meinem Tisch und zeichnete erste Skizzen. Es machte Spaß.

Im Miniaturformat Formen, Linien und Farben aufs Blatt zu bringen – nicht als verkleinertes Original, sondern lediglich als ungefähren Entwurf des eigentlichen Bildes – hatte einen besonderen Reiz. Es erinnerte mich an früher, wenn ich als Kind mit dem Puppenhaus spielte. Alles war klein – kleine Gegenstände, kleine Menschen –, doch im Kopf hatte alles seine richtige Größe. Dieses Vergnügen empfand ich auch beim Skizzieren meiner Bilder.

Die Mauer, die ich bemalen sollte, war nicht sehr hoch, aber ziemlich lang. Ich hätte gern eine Schar sich tummelnder Affen gemalt, etwas, das mit der Umgebung harmonierte, doch die zündende Idee war mir noch nicht gekommen. Ich war erstaunt über meinen plötzlichen Mangel an Imaginationskraft und Intuition. Vielleicht war es besser, einfach hinzugehen und draufloszumalen? Oder die Kinder zu fragen, was sie sich wünschten. Jedenfalls war mein Enthusiasmus ein wenig ins Stocken geraten.

Wenn es am Ende ein Nullachtfünfzehnbild wird, wie es jeder halbwegs Begabte hinkriegt, dann kann diesen Job jeder x-beliebige Beamte von der Stadt erledigen, dachte ich. Es musste eine gewisse Originalität, etwas Unverwechselbares haben. Aber was? Was hatte ich bisher für Erlebnisse mit Affen gehabt? Und überhaupt – wann hatte ich eigentlich zum letzten Mal einen in natura gesehen? Vielleicht sollte ich erst mal in den Zoo gehen? Die Gedanken drehten und drehten sich in meinem Kopf, und so kam mir die Aussicht auf ein wenig Abwechslung gerade recht.

»Klar, gerne! Wie wär's mit einem Picknick unterwegs?«, fragte ich, in einer Zeitschrift blätternd.

Doch als ich aufschaute und Nakajimas Gesichtsausdruck sah, verflog meine unbekümmerte Stimmung sofort. Offensichtlich hatte ich den Ernst seines Anliegens unterschätzt.

Bis zu dem Tag hatte es mit uns beiden keinerlei Fortschritt gegeben. Wir waren am Morgen aufgestanden und hatten uns ein Omelett aus einem einzigen Ei (aber natürlich mit Schinken) geteilt. Ich lackierte in ziemlich unanständiger Pose meine Zehennägel und las Zeitschriften, während Nakajima eifrig auf seinem PowerBook herumtippte. Als er kurz innehielt, wollte ich in die Küche gehen, um Wasser für einen Tee aufzusetzen. In dem Moment geschah es, dass er von seinen Freunden sprach, die er mit mir besuchen wollte.

Es war, wie Sayuri gesagt hatte: Im Gegensatz zu ihr und mir, die wir es beide nur auf eine durchschnittliche Kunsthochschule geschafft hatten, studierte er in der benachbarten Stadt an einer Uni, die nur hochbegabte, hochmotivierte Leute aufnahm.

Natürlich fragte ich ihn: »Wie schaffst du es nur, dass du so gut bist? Warst du schon als Kind wissbegieriger als andere?«

Nakajima überlegte eine Weile und sagte dann: »Eines Tages hatte ich plötzlich das brennende Bedürfnis zu studieren, als wollte ich mir damit etwas zurückholen, was ich verloren hatte.«

»War das … nach dem Tod deiner Mutter?«

»Genau. Weißt du, in der Zeit, als ich weg war, haben sich meine Eltern zerstritten, haben eine Weile getrennt gelebt und sich schließlich scheiden lassen. Genau wie du bekomme ich regelmäßig Geld für den Lebensunterhalt und das Studium. Und manchmal besuche ich meinen Vater, aber egal … Jedenfalls ging ich bereits auf die Oberschule, als Mutter starb. Ich entschied mich, nicht bei Vater zu wohnen, denn nach der Scheidung war er in seine Heimatpräfektur Gunma zurückgekehrt, und ich hatte keine Lust, einfach so in eine mir völlig fremde Gegend zu ziehen. Außerdem hatte er wieder geheiratet und Kinder mit der neuen Frau. So kam es, dass ich in meine eigenen vier Wände zog. Ich hatte genug Geld und brauchte keinen Job, um über die Runden zu kommen, und sparsam und wenig unternehmungslustig, wie ich bin, hatte ich auf einmal jede Menge Zeit zur Verfügung. Ich überlegte mir dieses und jenes. Ich wollte nicht viel mit Menschen zu tun haben, wollte mich ohne große Kompromisse auf eine Sache konzentrieren können, die mich interessierte, und zugleich etwas tun, was mir für die Allgemeinheit nützlich erschien. So stellte ich mir mein Leben vor. Ich suchte, grübelte und entschied mich dann für die Genforschung.«

»Gibt es jemanden, den du kennst und der etwas Ähnliches gemacht hat, oder wie bist du auf dieses anspruchsvolle Forschungsgebiet gekommen?«

Wieder zögerte Nakajima lange mit seiner Antwort.

»Ja, als ich weg von meinen Eltern war, lernte ich jemanden kennen, der so etwas an der Uni studiert hatte. Es war damals der einzige Erwachsene, dem ich mich nahe fühlte. Er erzählte mir öfters von seinem Studium, von den Möglichkeiten, die in der Genforschung liegen, und ich begann mir vorzustellen, wie toll es wäre, mehr über dieses Thema zu erfahren. Und als dann meine Mutter starb, war ich deprimiert, hatte nichts zu tun, und so begann ich wie ein Verrückter zu lernen. Ich konzentrierte mich ganz auf die Aufnahmeprüfung an der Uni. Und da ich keine Lust hatte, mit fremden Leuten zusammen zu sein, besuchte ich keinen Vorbereitungskurs, sondern lernte allein, autodidaktisch.«

Ausführlich erklärte er mir, wie er das genau machte. Viel lieber hätte ich ihn gefragt: »Wo warst du denn in der Zeit, als du nicht bei deinen Eltern lebtest?«, doch ich schwieg und hörte zu.

Er habe gelernt, Körper und Geist komplett voneinander zu trennen, um die Aufmerksamkeit ganz auf eine Sache richten zu können, sagte Nakajima. Es habe mühelos funktioniert, aber ihm sei bewusst geworden, welche gefährlichen Konsequenzen das haben könne.

Er sprach mit ruhiger, sanfter Stimme, aber irgendwie klang es unheimlich.

Als er es an die Universität seiner Wahl geschafft hatte, wog er zwanzig Kilo weniger als zu Beginn des Lernmarathons. Es ging so weit, dass er gar nichts mehr essen konnte, eines Tages auf der Straße zusammenklappte und ins Krankenhaus gebracht wurde. Dort musste er – sein Zustand war lebensgefährlich – mit Infusionen und künstlicher Ernährung wieder aufgepäppelt werden.

»Und so einer studiert Medizin?«, sagte ich verwundert.

Er lachte und entgegnete, er studiere zwar an der Medizinischen Fakultät, ja, aber nicht in der Abteilung für angehende Ärzte, sondern in der Forschungsabteilung.

Dann, fuhr er fort, habe er gar nicht mehr aufhören können zu lernen, und seine Leistungen seien immer besser geworden, je perfekter er die Technik beherrscht habe, Körper und Geist zu trennen. Er sei wie in Trance gewesen und habe zeitweise völlig vergessen, dass er auch noch einen Körper habe.

»Mittlerweile ist es so, dass der Körper ein wenig verzögert auf das reagiert, was der Kopf ihm sagt.

Das musste ich erst wieder auf ziemlich schmerzhafte Weise lernen«, sagte Nakajima.

»Was meinst du mit ›verzögert‹?«

»Am Anfang war es ziemlich einfach… Ich versuchte, meinen Körper mental so einzustellen, dass er nur das absolute Minimum an Energie benötigt und der allergrößte Teil in den Kopf gelangt. Das ging leichter als erwartet, und ich wurde immer selbstsicherer. Zu selbstsicher. Denn irgendwann war ich nicht mehr Herr meines Körpers… Wie bei einer Achterbahn, die in Schussfahrt angehalten werden soll, aber nicht sofort zum Stehen kommen kann. Dieses Trägheitsmoment hatte ich nicht einberechnet, weil ich die elementaren Bedürfnisse meines Körpers völlig ausgeblendet hatte. Es kostete mich fast das Leben.«

»Okay, du hast eine besondere Gabe, das habe ich begriffen. Aber tu es bitte nicht wieder, ja? Du machst dich nur kaputt damit«, sagte ich.

»Eben aus dem Grund schufte ich nicht mehr so wie früher. Ich versuche jetzt einfach nur noch, auf dem Laufenden zu bleiben.« Nakajima lächelte.

Wow, selbst im Sparmodus reüssiert dieser Kerl an einer Elite-Uni, schreibt Aufsätze, forscht, liest die entsprechende Fachliteratur… Ich war beeindruckt.

»Weißt du, als ich mich wie ein Besessener aufs

Lernen und Studieren konzentriert hatte, da wurde mir plötzlich klar: Wenn du so weitermachst und auch regelmäßig Aufsätze publizierst, wirst du eines Tages garantiert den Doktortitel haben. Und mit Glück findest du auch ein Forschungsinstitut, das dir interessante Arbeitsmöglichkeiten bietet ... dachte ich, aber jetzt bin ich mir nicht mehr sicher und habe das Gefühl, die Zukunft wird hier in Japan nicht so rosig sein. Deshalb überlege ich, vielleicht woandershin zu gehen. Ich hätte Lust drauf. Früher wäre ich nie auf den Gedanken gekommen. Ich war ja lange nur mit dem eigenen Überleben beschäftigt«, sagte Nakajima ungerührt.

»Das kann ich nicht beurteilen«, antwortete ich, »aber wenn du es bis jetzt geschafft hast, dich durch so viel durchzukämpfen, kannst du alles schaffen – alles, was du dir vornimmst.«

Zugleich dachte ich überrascht: Woandershin gehen – das heißt ins Ausland ... Und das heißt dann wohl, wir trennen uns? Dann war meine Wohnung also nur ein provisorisches Nest, bis er davonflog?

Wie auch immer, ich hatte das Gefühl, es war noch zu früh, um mit ihm darüber zu reden.

Nakajima sagte zwar, er wolle seine Freunde wiedersehen, aber jedes Mal verdüsterte sich sein Gesicht, wenn er davon sprach. Das irritierte mich.

»Diese Freunde… Ist es wirklich notwendig, dass du sie jetzt besuchst?«, fragte ich.

»So meine ich es nicht«, antwortete er. »Ich meine, jetzt *könnte* ich sie vielleicht besuchen.«

»Du meinst, wenn ich mitkommen würde?«

»Genau… Wenn ich einen fröhlichen Menschen wie dich bei mir hätte.«

»Aber ich bin vielleicht gar nicht so fröhlich, wie du denkst.« Das sagte ich nicht, weil mich an seiner Bemerkung etwas störte; ich wollte nur nicht, dass er sich da Illusionen machte.

Ich hatte den Eindruck, Nakajima sah wie durch ein Vergrößerungsglas nur meine umgängliche, unkomplizierte, stets gutgelaunte Seite, die ich von Mama hatte und die ich oft zeigte, wenn ich mit ihm zusammen war. Wenn dann auch mal meine schwermütige, düstere Seite zum Vorschein kam, würde er sicher enttäuscht sein, dachte ich.

»Klar, weiß ich schon. Ich weiß nur nicht, wie ich es ausdrücken soll… Es klingt vielleicht komisch, aber bei dir stimmt einfach das Maß, die Mischung.«

So in etwa verstand ich, was er sagen wollte.

Nakajima schien noch mehr auf dem Herzen zu haben, deshalb tat ich alles, um ihn zum Weiterreden zu ermuntern.

»Chihiro, für dich ist doch die Liebe das Allerwichtigste. Und du versuchst nicht, andere Leute zu kontrollieren oder nach Belieben zu manipulieren. Sehe ich das richtig?«

»Na ja, ich weiß nicht …«

»Du liebst deine verstorbene Mutter und denkst oft an sie, oder etwa nicht? Natürlich ist nicht alles rosarot; jeder hat in seinem Herzen irgendwo auch einen dunklen Fleck. Das gibt es in jeder Familie. Aber würdest du nicht auch sagen, dass du Liebe und Hass in einem Maß empfindest, wie es eben normal ist? Selbst wenn mal das eine oder andere überwiegt?«

»Ja, sicherlich …«

»Und für deinen Vater empfindest du bestimmt nicht nur Hass, oder?«

»Nein, im Gegenteil. Ich finde ihn sehr nett. Die Umstände waren nicht ideal, aber ich denke, gerade deswegen haben wir – im Vergleich zu normalen Familien – unsere Zuneigung besser zum Ausdruck bringen können. Da der Rahmen fehlte, mussten wir uns alle sehr um Zusammenhalt bemühen.«

»Genau. Dass es für dich eben *nicht* selbstverständlich war und immer noch ist, Teil einer Familie zu sein, ist der Grund, warum ich mich bei dir so wohl fühle. Du siehst die einzelnen Personen deiner Familie als das, was sie sind, und auch mich willst du nicht so haben oder so, sondern akzeptierst mich, wie ich bin«, sagte Nakajima in ruhigem Ton. »Das gefällt mir. Was Gewalt betrifft, in welcher Form auch immer, bin ich fast krankhaft empfindlich. Ich spüre das sofort. Viele Menschen haben die Angewohnheit, Mitmenschen Gewalt anzutun, ohne dass sie sich dessen bewusst sind – selbst wenn es nur kleine Akte der Gewalt sind. Bei dir hab ich das fast noch nie erlebt, Chihiro.«

»Und in deiner Familie?«, fragte ich.

»Ich habe noch nie mit jemandem darüber gesprochen, aber ehrlich gesagt, fühlte ich mich bis zu ihrem Tod von meiner Mutter sehr bedrängt und vereinnahmt. Ich war ihr Ein und Alles gewesen, sie war so auf mich fixiert, dass mein Vater es nicht mehr aushielt, seine Sachen packte und ging«, sagte Nakajima. »Es war erdrückend, aber andererseits geschahen diese Dinge, die uns für lange Zeit auseinanderrissen, und so sehnte ich mich natürlich wie verrückt nach ihr, ich liebte sie über alles. Aber dann, als wir endlich wieder beisammen waren, wurde ich von Mutters Liebe total überwältigt. Wenn ich zum Beispiel was vorhatte, wollte sie immer wissen, wann ich wieder zurückkomme. Es war unmöglich, ihr nichts zu sagen; sie hätte sich sonst nicht beruhigen können. Und wenn ich mal ein paar Minuten zu spät nach Hause kam, stand sie tränenüberströmt da und wartete auf mich… Verstehst du? So war meine Mutter.

Kommt hinzu, dass sie früh starb und die Zeit, in der wir normal unter einem Dach leben konnten, eher kurz bemessen war. Durch ihren Tod wurde alles noch schlimmer, ich war völlig durcheinander. So prägten sich mir zwei ganz verschiedene Bilder meiner Mutter ein: Einerseits sehe ich sie als absolutes Ideal, andererseits als obsessive, übermächtige Frau, deren Liebesanspruch mich fast erdrückte.

Was das Ideal betrifft, muss ich sagen: Diese Seite von ihr war so großartig, dass ich mich neben ihr wie ein kleiner, bedeutungsloser Wurm fühlte. Ohne sie wäre ich heute nicht das, was ich bin. Ich kann gar nicht in Worte fassen, wie dankbar ich ihr für alles bin, was sie für mich getan hat.

Es gab aber auch eine Zeit, in der wir beide das Maß aus den Augen verloren hatten. Wir waren wie ein Liebespaar, in einem Labyrinth heftiger Gefühle gefangen, und wussten nicht, wie wir da wieder herauskommen sollten. Wir befanden uns damals beide in ärztlicher Behandlung. Es ging uns körperlich und seelisch so schlecht, dass der Arzt uns empfahl, eine Weile aufs Land zu ziehen, an einen ruhigen Ort. Ein Verwandter von uns besaß ein kleines, verlottertes Häuschen irgendwo im Nichts. Dort verbrachten wir einen angenehm kühlen Sommer und einen extrem frostigen Winter. Die Landschaft war sehr schön, mit einem See in der

Nähe unserer Hütte. Ein besonderer Ort – melancholisch und bezaubernd.

Die Freunde, die ich vorhin erwähnt habe, die leben jetzt dort, und ich möchte sie gern besuchen. Aber jedes Mal, wenn ich daran denke, bricht mir der Angstschweiß aus. Siehst du? … Ich habe es mir in den letzten Jahren mehrmals vorgenommen, dann aber immer irgendeine Ausrede gefunden, um doch nicht hingehen zu müssen. Ich weiß nicht, was mir den Schweiß aus den Poren treibt – ist es die Erinnerung an meine Mutter, oder sind es die Erinnerungen, die ich mit meinen Freunden teile.«

»Wenn es dich so quält, musst du doch nicht hinfahren, oder? Geh einfach, wenn du spürst, dass der richtige Moment gekommen ist.«

Nakajima machte ein trauriges Gesicht. »Da kann ich noch lange warten. Dann werde ich meine Freunde wohl nie wiedersehen.«

»Wann hast du sie denn das letzte Mal gesehen?«, fragte ich.

»Als Mutter noch lebte, sind wir zusammen hingefahren, das war das letzte Mal. Vor etwa zehn Jahren oder so. Es könnte aber auch länger her sein. Immerhin telefonieren wir ab und zu.«

»Möchtest du sie denn wirklich sehen?«

»Ja, es gibt niemanden auf der Welt, den ich lieber sehen würde. Ich kann mir nicht helfen, es ist einfach so. Und seitdem ich dich kenne, ist der Wunsch noch stärker geworden.«

»Wenn du ›Freunde‹ sagst – wie viele sind das eigentlich?«

»Es sind zwei, Bruder und Schwester. Sie leben dort in der Hütte.«

Ich hatte nicht die blasseste Ahnung, worauf ich mich da einließ, aber ich vertraute Nakajima. Vertraute ihm blind. Wenn man mit jemandem Tag für Tag zusammen ist, nimmt man selbst die kleinsten Ungereimtheiten wahr. Sicher, Nakajima war ein Mensch mit Ecken und Kanten, aber ich hatte das Gefühl, er machte mir nie etwas vor. Er war grundehrlich.

»Gut, dann gehen wir doch. Ist es weit?«

»Mit der Bahn und Umsteigen etwa drei Stunden von hier.«

»Hm, das kommt wohl teuer…«

»Da ich derjenige bin, der dich überredet hat, bezahle ich.«

»Nein, schon gut. Ich werde sicher auch meinen Spaß haben.«

»Trotzdem, ich übernehme die Reisekosten und so weiter.«

»Aber es ist wirklich kein Problem. Ich hab im Moment genug Geld, und sogar einen neuen Auftrag!« Ich lächelte.

»Wie kannst du das überhaupt – mit jemandem wie mir an einen Ort fahren, wo du nicht weißt, was dich erwartet?«, sagte Nakajima mit leicht ungläubiger Miene. »Für mich wäre so was ein Ding der Unmöglichkeit.«

»Na ja, du möchtest doch unbedingt dahin, oder? Auch wenn es dich sehr viel Überwindung kostet«, sagte ich. »Ist doch logisch, dass wir beide hinfahren, wenn niemand anders da ist, der dir helfen kann. Und verbringen wir nicht Tag für Tag zusammen, weil wir uns sehen wollen?«

Wäre wirklich Liebe im Spiel gewesen, hätte ich das wohl nicht sagen können. Ich hätte vielleicht versucht, ihn ein bisschen zu necken, oder umgekehrt Mühe gehabt, die richtigen Worte zu finden. Ich mochte ihn und wollte einfach helfen, nicht mehr, nicht weniger. Und noch etwas: Ich wusste zwar nicht genau, warum, aber ich hatte wahnsinnige Angst davor, ihn zu verletzen. Allein der Gedanke daran ließ mich erschaudern, und mein Herz wurde schwer wie Blei.

»Ich danke dir«, sagte Nakajima leise.

Am nächsten Tag stiegen wir in den Zug und fuhren Richtung Norden.

Unsere Endstation war ein kleiner Bahnhof. Kühle Luft empfing uns. Es war die Jahreszeit, in der man die Kälte noch im Gesicht spürt, aber nicht mehr friert. Wir liefen los.

Da und dort brach blasses Sonnenlicht durch die Wolken.

Die Blätter vieler Bäume hatten gerade angefangen zu sprießen, und an den Ästen konnte man bereits kleine, pralle Blütenknospen sehen. Die Natur war am Erwachen, ein sinnliches Fest von Farben und Formen kündigte sich an. Die reine, klare Luft strömte durch meinen Körper, ich spürte, wie sie ihn von innen erfrischte. Das emsige Treiben vor dem Bahnhof der kleinen Stadt hatten wir bald hinter uns gelassen und gingen durch eine ausgestorbene, von verschiedenen kleinen Läden und Geschäften gesäumte Straße. Auf den Bergen in der Ferne lag noch Schnee. Die vereinzelten weißen Flecken und die braunen, kahlen Bäume an den Hängen hoben sich deutlich vom Blau des Himmels ab.

Bald kamen wir zu dem See. Er war nicht groß.

Wir waren ganz allein – kein Wunder, unter der Woche. Der See lag ruhig da. Es war, als würde die Stille jeden Laut verschlucken. Die Wasseroberfläche wie ein Spiegel. Manchmal, wenn ein Lüftchen blies, breiteten sich darauf kleine, sanfte Wellenringe aus. Nur die Stimmen verschiedener Vögel waren zu hören.

»Dort, in der Nähe des Schreins…« Nakajima streckte den Finger aus. »Dort leben meine Freunde.«

Am anderen Seeufer war ein kleines Torii* zu erkennen.

Ich blickte zu Nakajima. Schweiß stand auf seiner Stirn, sein Gesicht war kreidebleich.

»Bist du okay?«, fragte ich und nahm seine Hand.

»Es geht«, sagte er. »Das ist der schwierigste Moment. Aber wenn ich dort bei ihnen bin, ist es überstanden.«

Nakajimas Hand fühlte sich eiskalt an.

Was muss dieser arme Kerl nur für seelische und körperliche Qualen erlitten haben, fragte ich mich ernsthaft besorgt. Ich wusste, Mitleid half niemandem, aber ich konnte einfach nicht anders, als tiefstes Mitleid zu empfinden, wenn ich daran dachte, wie ein kleiner Junge, der von seinen Eltern getrennt wurde, ganz allein zurechtkommen musste.

Nakajima kämpfte mit sich. Ich spürte, wie es ihn fast zerriss.

Für mich war es ein schöner, Leib und Seele erquickender Spaziergang am See, inmitten einer vorfrühlingshaft aufblühenden Landschaft. Er aber schien all das nicht wahrzunehmen, der Ort musste für ihn die Hölle sein. Schritt für Schritt schleppte er sich vorwärts, als lägen seine Füße in Ketten.

*Rotes Tor, das vor Shintō-Heiligtümern steht (A. d. Ü.)

»Du, Nakajima, warte mal.«

»Hm?«, grummelte er geistesabwesend. Die Haare klebten ihm im Gesicht. Er blieb stehen.

»Setz dich doch einen Moment.«

Er blickte mich unwillig, ja fast genervt an. Allem Anschein nach wollte er dieses Martyrium so schnell wie möglich hinter sich bringen. Ich sah ihm an, dass er mich am liebsten weggestoßen hätte und davongerannt wäre, doch dann gab er, wenn auch widerstrebend, nach und ließ sich zu Boden sinken.

Dass man für den andern etwas tut, was man selber hasst, geschieht nur in der Anfangsphase einer Beziehung. Denn schon bald wissen beide ziemlich genau, was der oder die andere nicht mag, und dann hört dieses Spiel von allein auf. Doch wir sind noch nicht so weit, sagte ich mir damals und versuchte damit, mein Verhalten zu rechtfertigen. Doch der wahre Grund für meine Bitte (oder war es ein Beharren?) lag vielleicht woanders: Ich war ein Mensch, der mit dem Körper dachte.

Ich kniete zu Nakajima nieder und umarmte ihn fest. Wir sprachen kein Wort, es kam mir wie eine Ewigkeit vor. Ich hörte, spürte seinen Atem an meinem Nacken. Sein Haar roch nach Staub. Wie unermesslich weit der Himmel über uns war … Warum können die Herzen der Menschen nur nie so frei sein?, dachte ich, überwältigt von der Schönheit der Natur. Der kühle Wind, der über den See strich, brachte einen Hauch von süß duftendem Frühling mit sich.

So kauerten wir eng umschlungen am Boden, bis Nakajimas Atem ruhiger wurde und der Angstschweiß ihm nicht mehr aus allen Poren rann.

Es war ein intensives Erlebnis, unsere Gefühle wie auf Alarmstufe eins, aber erotisches Verlangen spielte dabei überhaupt keine Rolle. Wie denn auch in dieser Situation … Obwohl ich es war, die Nakajima in den Armen hielt, kam es mir vor, als würden wir uns beide verzweifelt aneinanderklammern, am Rand von Klippen, hoch über dem Abgrund.

Früher oder später wird er wohl verschwinden, dachte ich plötzlich. Etwas anderes erwartete ich nicht.

Weder meine Liebe noch die Schönheit dieser Welt würden stark genug sein, um die Last von seinem Herzen zu nehmen, die ihn da hinzog, wo er sich Frieden erhoffte. Ich spürte es tief in meiner Seele.

Aber diese Erinnerung wird bleiben. Der Gedanke tröstete mich ein wenig. Wozu hat er sonst gelebt, wenn nicht einmal das bleibt? Tränen stiegen mir in die Augen.

»Danke, es geht wieder«, sagte Nakajima mit

heiserer Stimme, obwohl natürlich noch gar nichts ging.

Dann drückte er kurz meine Hand und schüttelte sie ab.

Wir liefen wieder los, doch da wurde mir schwarz vor Augen. Vielleicht habe ich Nakajima vorhin zu fest umarmt, und mein Blut ist ins Stocken geraten?, dachte ich. Auch das Atmen fiel mir plötzlich schwerer, als wäre ein Teil seiner Last auf mich übergegangen.

Nakajima merkte es und sagte: »Entschuldige, mir geht gerade so viel durch den Kopf. Ich kann es einfach nicht abstellen.«

»Das ist doch ganz normal«, antwortete ich. »Du sagst so oft ›ich kann nicht, ich kann nicht‹, bitte, hör auf damit. Ich mag das nicht hören. Es tut mir in den Ohren weh.«

»Das kommt daher, dass ich mal an einem Ort war, der mich das Leben gekostet hätte, wenn ich dieses und jenes nicht gekonnt hätte.«

»So schlimm?«

Die Freunde, die er wiedersehen wollte, kannten vermutlich das Geheimnis. Vielleicht wird er etwas von seiner Vergangenheit preisgeben, wenn ich mehr über seine Freunde erfahre, hoffte ich. Ich wollte es wissen. Wenn man jemanden mag, entsteht dieses Bedürfnis automatisch. Und man möchte auch wissen, was einen geliebten Menschen an den Rand des Scheiterns bringt.

Über den See hatte sich auf einmal ein Dunstschleier gelegt. Das Ufer an der anderen Seite – wie durch einen hauchdünnen, milchigen Vorhang von uns getrennt – war nur verschwommen zu sehen.

Der Weg vor uns verschwand in den Nebelschwaden. Wir gingen weiter, obwohl wir nicht sahen, wohin er führte. Nakajima schien mit diesem Weg vertraut zu sein, als wäre er ihn schon viele Male gegangen. Die Laternen am Wegrand waren von einem hellschimmernden Lichthof umgeben.

»Da, siehst du?«, sagte Nakajima.

Hinter dem roten Torii, das sich uns in einiger Entfernung zeigte, führte eine schmale Steintreppe zu einem kleinen Schrein. Dort oben muss die Sicht auf den See herrlich sein, dachte ich. Dann entdeckte ich schräg hinter dem Torii ein Haus. Wie Nakajima gesagt hatte, war es eher eine alte Holzhütte, und ich fragte mich, ob es da überhaupt Strom gab.

Die Stufen zum Eingang bestanden zum Teil aus provisorischen Holzbrettern, und die Fenster, in denen die Scheibe fehlte, waren mit durchsichtiger Plastikfolie überspannt. Im Inneren der Hütte war es anscheinend dunkel.

Doch wenn man genau hinschaute, konnte man sehen, dass die Schäden zwar mit einfachen Mitteln, aber sehr sorgfältig ausgebessert worden waren. Alles wirkte alt, jedoch in keiner Weise schmutzig oder verwahrlost. Arm, aber redlich, ging es mir durch den Sinn.

Auch an anderen Kleinigkeiten war zu erkennen, dass hier tatsächlich jemand lebte – an Töpfen mit Pflanzen zum Beispiel oder an einem Fahrrad in einer Ecke; ein Oldtimermodell mit löchrigem Korb, doch die Speichen blitzten.

»Guten Tag!«, rief Nakajima mit lauter Stimme.

Das Haus war still wie der See. Ob hier wirklich jemand wohnte?, fragte ich mich, doch nach einer Weile waren Schritte zu hören, und die Tür öffnete sich.

Vor uns stand eine erwachsene Person, vielleicht fünfunddreißig Jahre alt, aber zu meinem Erstaunen sehr klein, wie ein Kind. Auch das Gesicht wirkte geschrumpft und erinnerte mich an eine Bulldogge. Die Augen leuchteten. Trotz der seltsam gedrungenen Proportionen hatte die ganze Erscheinung etwas Vornehmes.

»Du bist's … Nobu?! Was für eine Überraschung!«, sagte der Mann, der kerzengerade dastand. Sein langes Haar war zu einem Pferdeschwanz zusammengebunden. Er trug einen Pullover voller Wollfusseln und verwaschene, abgetragene Jeans. Doch auch er machte einen gepflegten Eindruck.

»Mino! Es ist lange her…«, sagte Nakajima freudestrahlend. Es war ihm überhaupt nicht anzumerken, dass er angesichts der Begegnung mit seinem Freund eben noch vor Angst gezittert hatte.

Wozu das ganze Theater, wenn es am Ende so einfach ist?, dachte ich überrascht, und mir wurde wieder einmal bewusst, dass ich nach wie vor vieles nicht verstand.

»Endlich bist du gekommen, das freut mich. Es tut mir leid wegen deiner Mutter, aber das ist ja jetzt schon eine Weile her«, sagte der Freund, und ein warmes Lächeln huschte über sein Gesicht.

»Ja, es hat gedauert. Ich wollte euch unbedingt wiedersehen, aber dann ist mir dieses und jenes in den Sinn gekommen. Ich habe einfach den Mut nicht dazu gefunden. Mit dem Ort hier verbinden mich so viele Erinnerungen an meine Mutter. Mir wird das Herz schwer…« Nakajima schaute zum Dach und kniff die Augen zusammen. Dann wandte er sich zu mir um. »Aber ich bin nicht allein. Dank ihr hab ich es doch noch geschafft hierherzukommen.«

»Freut mich!… Und Ihr Name?«, fragte Mino, den Blick auf mich gerichtet.

»Chihiro. Sie ist meine Freundin«, sagte Nakajima und fuhr fort: »Chihiro, das ist Mino.«

Lächelnd sagte ich »Guten Tag«. Mir schwindelte der Kopf, weil mir alles ein Rätsel war.

Zwischen den beiden herrschte eine besondere Vertrautheit. Wie bei Soldaten, die Seite an Seite im Krieg gekämpft haben, genügte ihnen ein Lächeln, um zu wissen, was los ist.

Der Wind, der über die Landschaft hinwegstrich, tat gut. Könnte man nur so frei sein wie der Vogel, dem der hohe, herrliche Himmel gehört, dann wäre man viele Sorgen los. Doch die Wirklichkeit sah anders aus; ich spürte, dass Nakajima mir das Leben nicht leichter, sondern schwerer machte. Jemandem wie mir, die lange nur in ihrer eigenen Welt gelebt hatte, widerstrebte der Gedanke, dass Nakajima vielleicht noch anhänglicher werden und noch mehr Anteilnahme erwarten könnte. Es war kein Widerwillen, aber doch ein gewisses Unbehagen. Ich möchte raus aus dieser Verantwortung, möchte die bedrückende Stimmung, die diese Leute umgibt, nicht länger ertragen, dachte ich unwillkürlich.

Während mir derlei Gedanken durch den Kopf geisterten, schaute Mino mich an und lächelte immerfort.

Es war, als blickte ein Engel auf mich, und auf einmal verflog das Bedürfnis, meine wahren Gefühle vor jemandem zu verbergen. Seine Augen waren so klar, dass sie durch alle trüben Stellen meines Ichs hindurchblickten und sie in nichts auflösten.

»Und Chii?«, fragte Nakajima. »Geht es ihr gut?«

»Sie ist drinnen. Kommt bitte herein. Es ist halt eng und unaufgeräumt«, antwortete Mino.

Nakajima und ich nickten uns zu und traten ins Haus.

Drinnen sah es aus wie in einem sehr einfachen, sauber gehaltenen Ferienhäuschen irgendwo in den Bergen.

Im Erdgeschoss gab es nur eine Küche, ein Bad und eine Toilette – mehr sah ich nicht. Wir wurden in die Küche geführt, wo ein quadratischer Tisch stand. Er erinnerte mich an eine viel zu groß geratene Schulbank. Jeder der Stühle, die um den Tisch standen, sah anders aus, ein einziges Sammelsurium. Wir nahmen jeder einen, der uns einigermaßen bequem erschien, und setzten uns vorsichtig.

»Hier habe ich mit meiner Mutter gelebt«, sagte Nakajima. »Es war eine Stimmung wie beim Camping oder wie in einem alten französischen Film … Wir hatten fast nichts, aber alles, was nötig war, haben wir Tag für Tag zusammengesucht und so ein ruhiges Leben geführt. Immer auf den See geschaut.«

»Wow«, sagte ich.

»Es war nicht einfach, damals, aber wenn ich jetzt

zurückdenke, hatten wir doch eine gute Zeit«, sagte Nakajima in geradezu vergnügtem Ton. Die ganze Anspannung vor dem Wiedersehen schien sich auf einmal gelöst zu haben.

»Weil es etwas eng ist hier, sind wir jeden Tag spazieren gegangen. Am Seeufer entlanggeschlendert. Manchmal sind wir auch mit dem Boot hinausgefahren. Mit der Zeit ging es Mutter immer besser, das hat mich natürlich gefreut. Und als es Frühling wurde, blühte sie richtig auf. Wie der Gesichtsausdruck sich ändert, wenn Menschen eine Zukunft vor sich sehen … Das ist wahre Schönheit. So wie die Berge und Bäume sich wieder grün färben – langsam, aber kraftvoll –, so kehrte Mutters Lebensmut wieder zurück. Daran erinnere ich mich, als wäre es gestern gewesen.« Nakajimas Augen füllten sich mit Tränen.

Im Haus war es ruhig. Durch das Fenster war nur der See zu sehen, im Nebeldunst des nahenden Frühlings.

Die Landschaft wirkte auf mich so einsam und verlassen, dass ich erschauderte. Aber in Nakajimas Erinnerung war dieser Ort voller Farbe und Leben.

Auf schwacher Flamme kochte Mino Wasser und bereitete damit sorgfältig einen Schwarztee zu.

Ich sog den aromatischen Duft ein und nahm einen kleinen Schluck … Es war der beste Schwarztee, den ich je getrunken hatte.

Als ich das sagte, antwortete Mino ein bisschen verlegen: »Das Quellwasser aus der Umgebung ist ideal für Schwarztee. Ich gehe jeden Tag Wasser holen, nur für den Tee.«

In dieser kleinen, begrenzten Welt sind der See und das Teetrinken offenbar sein einziger Luxus, dachte ich. Und was für ein Luxus! Eine Welt, in der ihm keiner in die Quere kommt, in der er sein eigener Herr und Meister ist – diese Welt hat er sich selbst geschaffen.

Minos bescheidene und zugleich würdevolle Art bewirkte, dass ich gar nicht auf die Idee kam, neugierige oder gar aufdringliche Fragen zu stellen, wie ich es sonst manchmal tat. Es braucht nicht mehr als einen wirklich guten Tee, um einen Menschen in seinem ganzen Benehmen zu verändern.

Nakajima und Mino plauderten eine Weile und alberten herum wie kleine Schuljungen. Während ich mit einem Ohr zuhörte, schaute ich gedankenverloren zum Fenster hinaus auf den See – beobachtete, wie sich ab und zu kleine, Gischt sprühende Wellen bildeten und die Wasseroberfläche, geschmeidig wie ein Tuch, bald wieder erneut zu einem glatten Spiegel wurde.

»Eigentlich wollte ich Chii etwas fragen, aber

wenn sie im Bett ist und schläft, dann natürlich nicht«, sagte Nakajima.

»Du weißt doch, Chii schläft immer. Also nur keine Hemmungen!«, antwortete Mino, schaute dann zu mir und sagte: »Chii ist meine Schwester, aber sie ist schon seit langem bettlägerig. Sie ist nicht wirklich krank, allerdings sind Leber und Nieren geschwächt, und ihr fehlt die Energie, sich wie ein normaler Mensch zu bewegen. Deshalb verbringt sie die meiste Zeit im Bett. Wenn sie auf die Toilette muss, geht sie ganz langsam und stützt sich an der Wand ab. Mittlerweile sind ihre Muskeln zu schwach, als dass sie sich aus eigener Kraft aufrecht halten könnte. Einmal am Tag isst sie Reisbrei und trinkt etwas Sake, mehr nicht. Sie steht nur selten auf. Na ja, in gewisser Weise ist sie schon krank. Aber wir sind noch nie zum Arzt oder ins Krankenhaus gegangen. Ich kümmere mich um sie, versorge sie mit allem, was sie braucht. So leben wir hier nun schon eine ganze Weile. Ich bewege ihre Arme und Beine, ermuntere sie manchmal, ein paar Schritte im Haus zu machen, aber ich zwinge sie zu nichts. Sie soll sich einfach nur wohl fühlen.«

»Hm, ich verstehe«, sagte ich, unsicher, was ich sonst hätte antworten sollen.

»Und wenn Chii etwas sagen möchte«, fuhr er fort, »schaut sie mich an und spricht direkt zu meinem Herzen. Manchmal hat sie etwas Besonderes zu sagen. Gelegentlich kommen Leute, die das hören wollen, sie ermöglichen damit unser bescheidenes Leben hier. Aber es gibt auch Tage, an denen Chii schweigt. Sie hat nicht allen etwas zu sagen. Deshalb versuchen wir, die Sache für uns zu behalten. Wenn ich Sie also bitten darf, niemandem davon zu erzählen …«

»Ist das … so eine Art Wahrsagung?«, fragte ich.

»Wenn Sie wollen, ja. Aber oft ist es einfach ein Gespräch, an dem sich beide Seiten erfreuen. Wenn Leute mit ihr reden, werden ihnen offenbar Dinge klar, die sie vorher so nicht gesehen haben. Vielleicht hat Chii diese Gabe, weil sie immer schläft und sich in der Welt ihrer Träume frei bewegen kann. Auf diese Weise erfährt sie viel mehr als Leute, die meistens wach sind.«

»Das kann ich gut nachvollziehen«, sagte ich und fügte hinzu: »Ich werde niemandem etwas sagen.«

»Ich weiß. Und Sie sind gekommen, weil es einen Grund gibt«, sagte Mino. Er lachte. Seine Augen funkelten wie Sterne. »Sie sind bei uns wirklich jederzeit willkommen. Aber denken Sie niemals an diesen Ort – außer wenn es Zeit ist wiederzukommen.«

Es klang wie eine Prophezeiung.

»Ich werde mich daran halten«, antwortete ich lächelnd. Er war so nett, dass ich nicht anders konnte als lächeln.

»Möchten Sie jetzt meine Schwester kennenlernen? Zusammen mit Nobu?«

»Nakajima möchte vielleicht mit ihr allein sein, und an ihrer Stelle wäre es mir peinlich, wenn mich jemand zum ersten Mal sieht und ich liege im Bett. Aber das nächste Mal, wenn ich wiederkomme, würde ich sie gerne treffen.«

Ich wusste, wie wichtig Nakajima das Wiedersehen mit seinen Freunden war. Und meine Aufgabe hatte sicher nur darin bestanden, ihn irgendwie hierherzubringen. Das war geschafft, also wollte ich mich im Hintergrund halten.

»Du kannst ruhig mitkommen«, sagte Nakajima. »Sie ist ja immer im Bett.«

»Ihr habt euch sicher viel zu erzählen. Nein wirklich, es muss nicht sein.«

»Aber ich möchte dich doch Chii vorstellen!«

»Und wer weiß, vielleicht hat sie auch die eine oder andere Information für Sie?«, sagte Mino in scherzhaftem Ton.

Von Natur aus neugierig, war ich drauf und dran, der Versuchung nachzugeben. Doch im nächsten Moment dachte ich an ihre Vergangenheit, und mir wurde wieder schwer ums Herz.

»Okay, ich werde sie nur grüßen, dann gleich wieder runtergehen und hier warten«, sagte ich.

»Gut, also gehen wir!«, sagte Mino.

Wir stiegen eine steile, knarrende Treppe in den zweiten Stock hinauf. Durch ein kleines Fenster fiel Licht. Es erhellte einen Flur mit zwei Türen. Beide Türen waren geschlossen.

Schweigend öffnete Mino die eine Tür. Ich war ein wenig nervös und angespannt. Aus dem Innern des Zimmers strömte uns ein zarter Duft wie von Rosen entgegen. Nicht wirklich Rosen, aber ein süßlicher Duft, der an Rosen erinnerte.

»Oh, Chii! Du hast dich nicht verändert«, sagte Nakajima, mit seinen Tränen kämpfend.

»Bitte!« Mino bedeutete mir mit einer Geste einzutreten.

Ich sah ein billiges Holzbett, eine rosafarbene Kunstfaserdecke und, von ihr fast vollständig bedeckt, zusammengerollt eine kleine, hagere Frau. Sie schlief.

Es hätte ein Kind sein können, aber wie Mino war auch sie ein erwachsener Mensch. Ihr Körper wirkte winzig in dem Bett, ihre Arme erinnerten mich an dünne Äste. Nur die Augenwimpern waren lang, dicht und kräftig.

»Es sieht aus, als würde sie wirklich schlafen«, sagte Nakajima.

»Nein, sie ist hellwach, glaub mir«, erwiderte Mino.

»Dann kann sie mich also hören, nicht wahr?«, sagte Nakajima. »… Chii, ich bin's, Nobu! Wie lange ist es her! Es tut mir leid, dass ich nicht früher gekommen bin. Heute habe ich Chihiro mitgebracht, meine Freundin. Ich wollte sie dir unbedingt vorstellen. Es geht mir nicht schlecht. Ich hab an der Uni studiert und schreibe jetzt meine Doktorarbeit. Lernen, studieren, forschen – immer nur das.«

Mino legte eine Hand an seinen eigenen Kopf. Dann, nach einer kurzen Pause, sagte er: »Großartig! Du scheinst hart gearbeitet zu haben.«

Die Stimme klang ganz anders. Ach so, dachte ich, jetzt spricht seine Schwester.

Der naheliegende Gedanke, dass alles nur Minos Einbildung war; dass seine Schwester in Wahrheit psychisch krank war und vor Schwäche möglicherweise bald sterben würde; dass er die Wahrheit nicht sehen wollte und nur so tat, als würde die Schwester mit ihm kommunizieren – dieser Gedanke verflüchtigte sich im Nu angesichts der fast ehrfürchtigen Stimmung, die das ganze Zimmer erfüllte.

»Aber du hast dir eine recht komplizierte Freundin ausgesucht«, sagte Mino. »Nur einen Teil dessen zu zeigen, was du wirklich fühlst und denkst – findest du das nicht anstrengend? Den Groll gegenüber Vater und Mutter hast du mit deiner angeborenen Gutmütigkeit ausgeglichen. Du hast über vieles nachgedacht und siehst dich jetzt als ein zur Ruhe gekommener, friedlicher Mensch. Aber – bist du nicht eigentlich viel abenteuerlustiger, viel anspruchsvoller, viel begieriger nach Freiheit und Sex, als du glaubst? Aber ich sehe auch, dass du andere Leute in ihrer Eigenart respektieren kannst. Ich denke, du wirst bald wieder hierherkommen, allein. Dann reden wir weiter.«

Als ich merkte, dass sie über mich sprach, zuckte ich zusammen.

Sicher, einen Teil von mir konnte ich wiedererkennen, aber ein Volltreffer war es nicht.

Mino, wieder bei sich, sagte: »Entschuldigen Sie, wenn meine Schwester etwas übertreibt … Sie hat nie gelernt, das, was sie insgeheim denkt, für sich zu behalten. Wo auch immer wir hinkamen, gab es Schwierigkeiten. Sobald sie den Mund aufgemacht hat, dauerte es nicht lange, und die Leute fühlten sich beleidigt oder verletzt und fingen an, ihr Vorwürfe zu machen. Vielleicht ist das auch ein Grund, warum sie sich in den Schlaf geflüchtet hat. Bitte machen Sie sich nichts draus.«

»Denke ich auch, Ihre Schwester ist, äh … ziemlich direkt«, sagte ich. »Aber auf eine Art, die mich nicht stört – ganz im Gegenteil!«

Wenn man sich das erste Mal begegnet, sind solche Bemerkungen sicher fehl am Platz. Dennoch konnte ich keinerlei böse Absicht erkennen.

»Danke, da bin ich froh. Und denken Sie bitte ja nicht, ich hätte mir das alles selbst ausgedacht. Bitte nicht.« Mino lachte.

Ich nickte kurz und ging ins Erdgeschoss zurück. Nicht dass ich verletzt gewesen wäre; aber bei der Vorstellung, mir das nächste Mal vielleicht noch mehr von der Art anhören zu müssen, dachte ich: Nein danke, darauf kann ich verzichten. Dennoch war ich bewegt und beeindruckt von der eigenartigen, offenherzigen Atmosphäre, die dieses Haus und seine Bewohner ausstrahlten.

Worüber Nakajima an dem Tag mit Chii sprach, weiß ich nicht.

Ich weiß nur, dass es nicht um uns ging oder darum, wie lange er leben würde. Es muss ein viel vergnüglicheres Thema gewesen sein, das merkte ich sofort an seinem Gesicht, als er wieder die Treppe herunterkam.

»Ich hab ja neulich mal erwähnt«, sagte er, »dass ich als Postdoc in einem Pariser Forschungszentrum arbeiten möchte. Ich hab sie gefragt, ob das möglich wäre. Das ist alles.«

Paris. Er will nach Paris ... So wie ich ihn kenne,

wird er sich Tag und Nacht dem Studium widmen, Aufsätze publizieren und bald seinen PhD machen. Und dann wird es mit unserer fragilen Lebens- und Wohngemeinschaft wohl ein Ende haben. Ich war überrascht, wie sehr mich der Gedanke schmerzte. Das geht doch nicht!, hörte ich mein Herz wehklagen; zumindest schien es mir so. Aber da ich mich nicht binden wollte beziehungsweise nicht zugeben wollte, wie wichtig er inzwischen für mich war, versuchte ich mir einzureden: Nein, ich bin nicht traurig, weil ich nicht ohne ihn leben kann, sondern weil unsere Beziehung gerade erst begonnen hat.

»Wie kommst du auf die Idee, das in Frage zu stellen … Sicher kannst du gehen«, sagte ich. »Ist doch sonnenklar!«

»Ich schaffe es immer irgendwie, mir selbst Steine in den Weg zu legen. Aber Chii hat gesagt, in etwa einem Jahr könne ich bereits in Paris sein.«

Nakajima strahlte vor Freude. Allein deswegen hat es sich gelohnt hierherzukommen, dachte ich.

Wir tranken noch eine Tasse von dem feinen Tee, plauderten ein wenig und ließen das verträumte Häuschen dann hinter uns.

Mino stand vor der Tür, im Licht der Eingangslampe, und winkte uns lange nach. Seine Silhouette zeichnete sich deutlich ab, während die Lampe über ihm in der Dunkelheit leuchtete wie ein Kristall.

Der See lag tiefschwarz da, versunken in einem bodenlosen Nichts. Nur der Kontrast zu den umstehenden Bäumen ließ erahnen, dass da außer Schwärze überhaupt etwas war.

»Nakajima, hast du es eilig? Es zieht dich stark nach Paris, oder?«

»Eilig – nicht unbedingt, aber ich zweifle, ob es eines Tages wirklich klappt. Wie soll ich sagen … Eine Art Schuldgefühl in mir will manchmal, dass mir nichts gelingt. Halt meine selbstzerstörerische Seite. Wenn ich nur mal optimistisch sein und daran glauben könnte, *dass* es klappt … dann wäre ich beruhigt. Hauptsache, ein Ziel vor Augen, egal, wie weit weg es ist.«

»Dann bin ich auch beruhigt. Gehst also nicht gleich morgen oder übermorgen, ja? Im Moment gefällt es mir nämlich so, wie wir zusammenleben. Das möchte ich noch eine Weile genießen.«

Nakajima schwieg. Ich hatte keine Ahnung, ob er sich freute oder bedrängt fühlte. Sein Herz war unergründlich.

Ich malte mir aus, wie er sich wieder in seine Wohnung zurückzog und nur noch seine Studien im Kopf hatte. Wenn es wirklich so weit kommen sollte, werde ich ab und zu bei ihm vorbeischauen und aufpassen, dass er es nicht übertreibt. Wenigstens das kann ich für ihn tun. Der Gedanke ging mir so leicht durch den Kopf, wie der Wind über den See glitt. Als hätte ich nie etwas anderes gedacht.

Die Kieselsteine unter unseren Füßen knirschten. Das fahle Licht der Laternen schien von der Dunkelheit fast verschluckt zu werden.

Wie selbstverständlich hakte ich mich bei Nakajima unter. Der Weg war stellenweise stockdunkel, außerdem hatte ich Angst vor Schlangen, die plötzlich unseren Weg kreuzen könnten.

»Um diese Jahreszeit gibt es doch keine Schlangen, viel zu kalt«, erwiderte Nakajima.

»Oder sonst etwas, irgendein Käfer oder Insekt zum Beispiel«, erwiderte ich.

Obwohl sein Arm dünn war wie ein Stecken, fühlte er sich warm an.

Plötzlich sagte er: »Ich mag unser Leben auch, so wie es jetzt ist. Man kann zusammen nach Hause gehen, fühlt sich nicht allein.«

Es war seine Antwort auf meine Bemerkung von vorhin.

Mir kam es vor, als würden wir schon eine Ewigkeit so nebeneinander hergehen. Am Ufer dieses Sees. In einer Landschaft, die nicht von dieser Welt schien. Ich werde das Gleiche in Zukunft sicher auch mit anderen Menschen machen, dachte ich. Aber eben nicht mit dem gleichen Gefühl wie jetzt.

Wieder einmal wurde mir schmerzlich bewusst,

wie kostbar unsere gemeinsame Zeit war. Nur eine einzige fremde Person, und die Stimmung dieses wunderschönen, stillen Ortes wäre dahin. Na ja, jemand wie Mino wäre vielleicht okay gewesen, aber unsere Welt war so fragil, so anfällig, dass eine Kleinigkeit genügte, um sie kaputtzumachen. Wir fühlten uns eng verbunden, wie aneinandergekettet, und dennoch war mir, als könnte sich jederzeit alles in Luft auflösen.

»Nakajima, geh nicht weg«, sagte ich. »Ich … ich meine nicht Paris oder irgendeinen anderen Ort. Natürlich kannst du nach Paris fahren … Ich möchte nur, dass du hierbleibst, in dieser Welt.«

»Ich will doch gar nicht weg, wohin auch immer«, antwortete er. »Nur ist da etwas in mir, das sagt mir andauernd, ich dürfe nicht in dieser Welt sein.«

»Du musst dagegen ankämpfen, Nakajima.«

»Ich kämpfe ja, aber ich habe schon zu viel verloren. Meine Kraft ist begrenzt.«

»Du darfst dich auf keinen Fall entmutigen lassen! Sei kein Waschlappen.«

»Sieh mich doch an, ich kann nicht mal richtig guten Sex haben mit einem Mädchen, das ich mag.«

»Das ist nicht das Problem. Ich bin ja auch nicht so wahnsinnig scharf drauf.«

»Ach komm, erzähl mir kein Märchen … In Wahrheit bist du extrem scharf drauf, oder nicht?«

»Du Mistkerl!« Meine Stimme zerriss die Stille, hallte im Nachthimmel wider. »Und selbst wenn – bei dir ist im Moment jedenfalls tote Hose.«

Nakajima grinste verlegen.

Nakajima, Mino und auch Chii, obwohl sie nur dalag und ich nicht recht wusste, was ich von ihr halten sollte – sie alle hatten, wie mir schien, etwas Gemeinsames. Ich stellte mir eine verwüstete, unendlich triste Landschaft vor, in der nur Trümmer herumlagen, und Nakajima und seine Freunde versuchten mit verzweifelter Kraft, daraus wieder etwas aufzubauen.

Wo sie sich wohl kennengelernt hatten? So allmählich begann ich etwas zu ahnen. Es war nur eine Vermutung, eine vage Vorstellung. Und so traurig, dass man sie nur höchst widerwillig als Teil des wirklichen Lebens anerkennen mochte.

Damals glaubte ich noch, viel mehr als heute, die Welt wäre ein fröhlicher Ort, wo Familien sich beim gemeinsamen Abendessen die Ereignisse des Tages erzählen; wo Mütter mit einem warmen Lächeln ihre Liebsten in den Tag schicken; wo Kinder, wenn sie nachts aufwachen, die Wärme ihrer Eltern im Futon nebenan spürten.*

* In Japan ist es üblich, dass Eltern mit ihren Kindern im selben Raum schlafen. In einem japanischen Zimmer werden die Futons nebeneinandergelegt, und das Kind kommt in die Mitte. (A. d. Ü.)

Doch nicht so bei Nakajima. Er lebte in einem Universum, das auch alles Dunkle und Düstere umfasste. Es hatte nichts mit dem Unterschied zwischen Mann und Frau zu tun, sondern war die Folge unserer unterschiedlichen Lebenswege. Wenn ich mich mit Leuten meines Alters verglich, hatte ich geglaubt, das Leben recht gut zu kennen; doch im Vergleich zu Nakajima war das gar nichts. Von dem Gewicht der Welt, das Nakajima mit sich herumtrug, fühlte ich mich wie erschlagen.

Noch immer grinsend, nahm Nakajima meine Hand in seine. Während wir den See entlang Richtung Bahnhof gingen, sprachen wir kaum ein Wort. Ich sagte nur: »Lass uns am Bahnhof was zu essen für die Heimfahrt kaufen.« Er nickte. Es war so friedlich. Jeder Schritt, den wir an dem Abend zusammen machten, fühlte sich an wie ein Schritt, der uns der Zukunft näher brachte.

Als wir uns noch einmal umwandten, hatte sich Nebel über den See gelegt. Bleich und wie verbogen lag er da.

In der darauffolgenden Woche begann meine Mauermalerei.

Im Overall wie ein Handwerker ging ich morgens um acht Uhr aus dem Haus. Um diese Zeit ist das Licht am besten. Ich drückte dem schlafenden

Nakajima einen Kuss auf die Wange und machte mich auf den Weg.

Am ersten Tag malte ich eine kleine Gruppe herumtollender Affen. Und entschied mich außerdem, links, etwa auf einem Drittel der gesamten Fläche, einen großen See zu malen. Natürlich sollten auch am See – umgeben von vielen Bäumen – Affen zu sehen sein. Friedlich ruhende Affen: ein Geschwisterpaar, das auf den See schaute, sowie eine Mutter mit ihrem Söhnchen.

Ich war mir bewusst, dass es weh tun würde, diese Szenerie zu malen, doch ich wollte es so.

Ein Mädchen kam und fragte: »Malst du Affen?« Dann kamen immer mehr Kinder. Als ein paar Jungs anfingen, mit den Farben herumzuspritzen, wurde ich wütend und raunzte sie an. Darauf entschuldigte sich einer, und irgendwann schien auch der Letzte zu begreifen, wie ernst es mir war. Ein Junge, der offenbar von seinen Eltern und Sayuri etwas gehört hatte, fragte mich: »Wenn du dieses Bild malst, wird dann die Schule nicht geschlossen?« Er war sehr dünn, hatte große Augen und eine platte Nase. Sein Name war Yotchan. Er besuchte hier einen Englischkurs.

»Mein Bild wird es wohl nicht verhindern können. Wenn sie die Schule schließen wollen, wird sie geschlossen. Mit oder ohne Bild.«

»Warum malst du es dann überhaupt?«

»Weil da eine Mauer ist und ich gebeten worden bin, sie zu bemalen. Selbst wenn es nur für kurze Zeit ist – warum sie nicht ein bisschen schöner und farbiger machen?«

»Ist das keine Kunst?«

»Ach, nicht im Entferntesten«, sagte ich laut lachend. »Nur ein Bild mit Affen.«

»Äh, sind diese Affen dort Geister?«, fragte Yotchan.

Er zeigte auf die vier Affen am See. Sie waren erst skizziert und wirkten deshalb wie durchsichtig.

»Nein, nein, das sind keine Geister. Sie bekommen noch Farbe.«

»Ach so«, sagte Yotchan. »Als ich sie sah, bin ich ein bisschen erschrocken.«

Kinder haben eine unglaubliche Phantasie, dachte ich. Mir wäre nicht im Traum eingefallen, in ein so fröhliches, unbeschwertes Bild Geister zu malen.

Während ich weiter am Bild arbeitete, dachte ich über die Farbgebung nach.

Der Bereich um den See sollte der farbigste sein und mit den anderen Teilen des Bildes gut harmonieren. Ich würde ihn erst am Schluss fertigmalen, aber die Geister konnte ich bis dahin auf keinen Fall so bleiben lassen. Ich entschied mich, den friedlich ihr Dasein genießenden Affen fröhliche, aber nicht zu bunte Farben zu geben. Ja, die Farben sollten ihr stilles Glück zum Ausdruck bringen. Dazu Tee. Und Kuchen. Alles in warmen, weichen Farbtönen.

Zu meiner Überraschung blieb Nakajima in meiner Wohnung – obwohl ich mich ganz auf meine Malerei konzentrierte und erst nach Hause ging, wenn es dunkel wurde.

Ich weiß nicht, warum, aber ich hatte irgendwie das Gefühl gehabt, er würde, sobald ich am Mauerbild zu arbeiten begann, aus meiner Wohnung verschwinden.

Ich hatte sogar davon geträumt und war vor Schreck aufgewacht. Mir liefen die Tränen hinunter. Im Traum war ich nach Hause gekommen, doch Nakajima war weg, mit all seinen Sachen. Ich stürzte zum Fenster, öffnete es und sah: Auch drüben bei ihm brannte kein Licht. Es gab keinen einzigen Hinweis, dass er überhaupt jemals existiert hatte, kein Lebenszeichen weit und breit. War's das jetzt?!, dachte ich in panischer Angst und wachte auf.

Diesen Traum hatte ich mehrmals, als würde eine innere Stimme mir sagen wollen: »Es kann jederzeit passieren!«

Aber jeden Abend, wenn ich erschöpft nach Hause kam, war Nakajima da.

Manchmal hatte er sogar schon Reis gekocht.

Manchmal war er neben seinen Stapeln mir unverständlicher, mit kleinen Merkzettelchen gespickter Fachbücher über Biochemie und Gentechnologie eingeschlafen.

Nur eines war gewiss in unserem Leben zu zweit: Nakajima war noch da, und er lebte.

Eines Abends, als ich nach Hause kam, lag Nakajima am Boden und schlief. Er schnarchte wie ein Sägewerk.

Sein PowerBook auf dem niedrigen Esstischchen war aufgeklappt. Er ist wohl beim Arbeiten eingenickt, dachte ich und wollte vorsichtig eine Decke über ihn legen – da bemerkte ich etwas.

Dieses Etwas hielt Nakajima unter seinen Arm geklemmt. Ein silbernes, drahtiges Viereck.

Es war ein so seltsamer Anblick, dass ich zuerst überhaupt nicht wusste, was das war. Das heißt, das stimmt nicht ganz. Ich wusste es schon, aber mein Kopf weigerte sich, das Ding als solches wahrzunehmen. Es war total fehl am Platz, es wirkte geradezu surreal.

Es war ein kleines altes Gitter, wie man es zum Rösten von Mochi* benutzt.

*Japanische Reiskuchen. Man isst sie vor allem in den Wintermonaten. Sie werden im Ofen oder auf einem Tischgrill geröstet, bis sie sich aufblähen, dann mit Sojasoße beträufelt und eventuell mit ein wenig Wasabi gewürzt, zum Schluss mit einem getrockneten Algenblatt (Nori) umwickelt. Schmeckt köstlich! (A. d. Ü.)

Mich schauderte. Ich hatte nicht die geringste Ahnung, was das bedeuten sollte.

Beim Schlafen tat dieses Ding doch sicher weh, deshalb versuchte ich es langsam unter seinem Oberarm wegzuziehen. Doch Nakajima hielt es wie ein Kind, das viel fester als nötig den Arm mit dem Fiebermesser in der Achselhöhle an den Körper presst. Es war unmöglich, den Gitterrost wegzunehmen, ohne dass er aufwachen würde.

Offensichtlich hatte dieses kleine Gitter eine große Bedeutung für ihn, aber das Befremden blieb und setzte sich tief in meinem Innern fest.

Ob ich danach fragen sollte, wenn er aufwachte? Denn ich wusste, ich würde es kaum schaffen, so zu tun, als wäre nichts gewesen. Außerdem wohnte er ja bei mir. Oder sollte ich das Zimmer verlassen, sobald er aufwachte? Das schien mir auch komisch.

Ich versuchte mir vorzustellen, was ihm dieses Mochi-Gitter bedeuten könnte. Brauchte er es vielleicht, um sexuelle Lust zu empfinden?

Wenn er tatsächlich eine solche Seite hätte – könnte ich es aus Liebe zu ihm einfach so akzeptieren und mir sagen: Na ja, warum nicht? Es gibt nichts, was es nicht gibt. (Der Mensch ist ein rätselhaftes Wesen. Früher hatte ich einmal einen Typ gekannt, der konnte nur masturbieren oder mit jemandem Sex haben, wenn er Goldfische vor sich sah.)

Konnte ich mir vorstellen, ihn auch mit so einer Macke zu lieben? Vielleicht schon, aber so weit war ich noch nicht.

Da öffnete Nakajima die Augen.

Er richtete sich blitzschnell auf, ohne das Gitter unter seinem Arm loszulassen, und starrte wie benommen vor sich hin. Er wirkte hilflos.

»Möchtest du einen Kaffee?«, fragte ich ihn.

»Ah, Chihiro … Du bist zurück. Ich habe letzte Nacht kein Auge zugemacht. Ich muss vorhin eingenickt sein«, sagte er.

»Schlaf nur weiter, wenn du möchtest.«

»Nein, ich bleibe besser wach. Kaffee klingt gut.«

Beiläufig zog Nakajima das Gitter unter seinem Arm hervor. Er gähnte, wie man es nach ausgiebigem Schlaf gerne tut, und starrte wieder ins Leere. Sein Haar war ganz wirr.

Erst nach einer Weile merkte er, worauf ich da so unablässig starrte – auf das Gitter in seiner Hand.

»Ach, das hier? … Ein Andenken an meine Mutter. Das klemme ich mir unter, wenn ich Angst habe, etwas Schlimmes zu träumen.«

»Ach so«, stotterte ich, völlig perplex über die einfache Lösung des Rätsels. Und als wäre auf meinem Gesicht die Frage aufgetaucht: Aber warum denn ein Mochi-Gitter?, fügte Nakajima hinzu: »Es hat keine tiefere Bedeutung, nur dass Mutter dieses

Gitter öfter gebrauchte. Es ist dünn und leicht, man kann es auch zwischen Buchseiten legen. Dieses Ding soll schon meine Großmutter benutzt haben.«

»Hast du denn nichts anderes gefunden?«

»Mit Papier kann man nicht so gut schlafen, Schmuck trage ich nicht, und Stofftiere finde ich unhygienisch. Stell dir vor, ich würde mit einer Damenuhr am Handgelenk herumlaufen … So bleibt mir nur dieses Gitter, aber ich finde, es passt.«

»Meinst du wirklich? Du könntest dich verletzen!«

»Nein, es ist ja dünn.« Nakajima lachte und hielt mir das Gitter hin.

»Darf ich?«

»Na klar!«

Es war ein ganz gewöhnliches, da und dort ein wenig angeschwärztes viereckiges Mochi-Gitter. Sehr leicht, sehr hart, und es fühlte sich kühl an. Für Nakajima ein alltäglicher Gegenstand wie eine Zahnbürste oder ein Rasierer. Trotz seiner Erklärung war ich immer noch irritiert. Was mir zumindest ein wenig verrückt vorkam, empfand er als völlig normal.

»Du benutzt sozusagen die harte Version von Linus' Schmusedecke«, sagte ich lachend.

Nakajima wurde rot. »Ist das wirklich so komisch? Oder gar peinlich?«

Seine Reaktion belustigte mich.

»Nein, das hab ich nicht gemeint. Hier gibt es nichts ›Komisches‹ oder ›Peinliches‹. Wir sind schließlich in unseren eigenen vier Wänden.«

»Da bin ich aber froh. Ich dachte schon, ich hätte mich mal wieder total blamiert.«

Ich reichte Nakajima das Gitter, worauf er es sorgfältig, aber wie nebenbei irgendwo zwischen seine Bücher steckte.

Was ich eben zu Nakajima gesagt hatte, überraschte mich selbst, denn Mama pflegte in ihrer Bar etwas sehr Ähnliches zu sagen: »Bei mir gibt es keine Regeln, außer dass ich von meinen Gästen erwarte, dass sie beim Trinken anständig an der Theke sitzen. Sie dürfen über alles reden. Ob es Dinge sind, die man normalerweise nicht sagt, oder die von der Gesellschaft verachtet werden – ganz egal. Denn im Grunde ist es das, wofür sie mir ihr Geld hinlegen: Sie kaufen sich das Recht, frei von der Leber weg zu reden.«

Jedes Mal, wenn Gäste sich im Voraus zu entschuldigen begannen, in etwa so: »Eigentlich schäme ich mich dafür, aber …« oder am Ende sagten: »Tut mir leid für diese unanständige Geschichte«, dann machte Mama ihnen deutlich, wie sie dachte.

Ihre Offenheit half den Menschen – auch meinem Papa –, hemmungslos ihr Herz auszuschütten.

Plötzlich dachte ich: Ah, Mama ist noch quicklebendig, hier in mir drin.

»Nakajima, darf ich dich etwas fragen? Wie merkst du, dass du etwas Schlimmes träumen wirst?«

»Hm, wenn mir vor dem Einschlafen schwindlig wird und der Kopf schwer. Da weiß ich hundertprozentig, was mich erwartet. Es kommt sehr darauf an, wie ich mich physisch und psychisch fühle, ob ich erschöpft bin zum Beispiel, und auch tiefer Luftdruck spielt eine Rolle«, sagte Nakajima mit ruhiger Stimme. »Ich kann mich nicht mehr in den Armen meiner Eltern vergraben und von dir nicht erwarten, immer für mich da zu sein. Das Gitter ist mein Ersatz.«

Ich nickte – und empfand unermessliche Traurigkeit.

An diesem Abend, als ich Nakajima zuschaute, wie er seine Zähne putzte, kamen mir die Tränen. Ich konnte nicht anders, wenn ich mir vorstellte, mit welcher Selbstverständlichkeit er das Gitter unter den Arm klemmte – als wäre es ein bewährtes Mittel gegen Alpträume und Depressionen, so wie man bei Fieber ein fiebersenkendes Medikament einnimmt oder beim Schluckauf die Luft anhält.

Aber war das Mitleid wirklich angebracht?

Immerhin hatte er einen durchaus rationalen Weg gefunden, um seinen Ängsten ein Schnippchen zu schlagen. Waren meine Tränen nicht ein unnötiges Zeichen von Besorgnis, oder gar eine Beleidigung? Ich nahm mir vor, nicht mehr zu weinen.

Als ich nachts auf die Toilette ging und im Dunkeln den glänzenden Rand des Gitters zwischen den Büchern sah, kamen mir doch wieder die Tränen.

Nakajima schlief ruhig und friedlich.

Auf einmal ging es mir auf. Dieser Mensch war nicht wie andere, die mal hier, mal da bei jemandem unterschlüpfen, ohne sich Gedanken zu machen. Er war anders. Er war hier, weil er es wirklich wollte, weil es ihm ernst war.

Ich war damals noch ziemlich kindlich – oder nein, ich war wirklich noch ein Kind –, doch inbrünstig hoffte ich, dass es mir gelingen würde, sein Vertrauen niemals zu enttäuschen, und dass er sich hier Tag und Nacht geborgen fühlen konnte.

Das Mauerbild war im Wesentlichen fertigentworfen und vorskizziert. Nun ging es darum, ihm Farbe zu geben. Ich hatte eine klare Vorstellung davon, wie das Bild am Ende aussehen würde. Ich musste nur noch darauf hinarbeiten, Farbstrich für Farbstrich.

Es machte mir Spaß, jeden Tag an meinem Bild zu arbeiten, den Pinsel in rhythmischen Schwüngen über die Mauer gleiten zu lassen. Und am meisten

Spaß macht es, wenn das Ende langsam näher rückt, das Ergebnis sichtbar wird, einfach indem man immer weitermacht, Tag für Tag. Man braucht nichts zu überlegen und findet sogar noch Zeit, sich mit den Kindern zu vergnügen. Einmal ließ ich ein paar Mädchen mit Pink malen. Es war nachher nicht ganz einfach, die frisch und fröhlich über die Linien hinaus gemalten Stellen auszubessern, doch auch das war Teil des Spaßes – nicht zuletzt, weil ich genügend Zeit hatte.

Manchmal geschah es, dass ich plötzlich, wie durch ein Wunder, mutterseelenallein war. Kein Mensch weit und breit, kein Helfer, keine tobenden Kinder, um mich herum nichts als eine große Stille. In diesen seltenen friedlichen Momenten, wo ich ganz bei mir war, wurde mir etwas bewusst: dass ich das, was mir gerade durch den Kopf ging, was ich dachte und fühlte, mit niemandem teilen wollte.

Ich lehne mich an die Mauer, gieße lauwarmen Kaffee aus der Thermosflasche in den Becher.

Der Rücken schmerzt und auch der Nacken. Die Arme spannen, wie kurz vor einem Krampf. Mein ganzer Körper fühlt sich seltsam steif und kalt an.

Wenn ich male, spüre ich das nicht. Die Konzentration lässt mich alles vergessen.

Aber auf einmal merke ich – niemand ist da, nur

der weite Himmel über mir. Obwohl die Fahne drüben auf dem Dach des Schulhauses heftig im Wind flattert, kommt es mir vor, als wäre die Zeit stehengeblieben.

Ich halte mit der Arbeit inne, und während ich an meinem Kaffee nippe, denke ich über dieses und jenes nach. Aber was ich denke, welcher Art meine Sorgen und Ängste sind – das möchte ich für mich behalten. Es soll mein Geheimnis bleiben.

Ah, heute bist du weit gegangen, sage ich dann oft zu mir, bevor ich mich auf den Heimweg mache.

»Heute gibt's Yu-dōfu*!«, rief Nakajima, als ich nach Hause kam. Er trug eine Schürze. Bis in den Flur roch es nach gekochtem Konbu.

»Hey, du Gigolo«, sagte ich bei seinem Anblick und knallte meine Taschen hin wie ein Matrose, der sein Gepäck vom Schiff auf die Hafenmole wuchtet. Von den Händen bis zu den Schuhen war ich mit Farbe besudelt.

»Dann ist die Dame, die mich aushält, eine vom Bau«, gab Nakajima trocken zurück. »Eine Amüsierdame voller Farbflecken, braungebrannt und muskelbepackt wie du, das kann ich mir nicht vorstellen.«

* Tōfu-Eintopf. In einem Sud mit Konbu (getrockneter Seetang) werden Tōfu-Stücke – evtl. auch Gemüse und Pilze – leicht geköchelt. Ein einfaches, aber schmackhaftes Gericht. (A. d. Ü.)

»Da hast du wohl recht.« Ich lachte. Jeans, Sweatshirt, das Haar straff nach hinten gebunden, weiße Flecken im Gesicht von zu viel Sonnencreme, farbige Flecken sogar auf Strümpfen und Nasenflügeln – meine Erscheinung war alles andere als vorteilhaft.

»Nur für einen selbst zu kochen lohnt sich nicht. Zu viel Aufwand. Das ist anders, wenn man es für zwei macht«, sagte Nakajima.

Ich zog die Schuhe aus und spähte in die Küche. »Danke«, sagte ich. »Oh, wie schön du den Tōfu geschnitten hast …«

Die Stücke im Topf sahen aus, als wären sie millimetergenau abgemessen.

Wir wuschen die Hände und setzten uns an den Tisch.

Um diese Zeit war Mama stets in ihrer Bar gewesen, und auch Nakajima hatte ein Zuhause gehabt, in dem alles ein wenig anders lief. Das heißt, wir wussten beide nicht genau, was ein normales Familienleben war, und taten nur so. Ja, es kam uns vor, als spielten wir »Happy Family«, so wie Kinder mit Puppen den Familienalltag nachspielen – nur dass wir, für die nichts selbstverständlich war, uns nach diesem Moment des Glücks wirklich sehnten und ihn auch genossen.

»Wie schön, zusammen zu essen … Dieser Yudōfu schmeckt wunderbar«, sagte ich.

»Ach, übrigens«, sagte Nakajima, »ich hab es mir überlegt. Wenn ich mit der Uni fertig bin, möchte ich so bald wie möglich nach Paris, ans Pasteur-Institut. Vielleicht bekomme ich ein Forschungsstipendium. Bis vor kurzem habe ich selbst nicht daran geglaubt, aber dann hat Chii mir Mut gemacht, und auch wegen dir, Chihiro, bin ich plötzlich viel optimistischer. Es sieht ganz so aus, als würde ich meinen PhD kriegen. Ich könnte mich also bei dem Institut bewerben. Natürlich brauche ich Empfehlungen, muss Berichte einreichen, mein Forschungsvorhaben darlegen, eine Prüfung machen, all das, aber mit dem Louis Pasteur Center für medizinische Forschung, einer Stiftung in Kyōto, haben sie ein gemeinsames Austauschprogramm entwickelt, das würde die Sache für mich relativ einfach machen. Und wenn es dieses Jahr nicht klappt, werde ich es nächstes Jahr nochmals versuchen. Wenn ich Glück habe, kann ich zumindest für ein halbes Jahr nach Paris fahren.«

Zuerst fühlte ich weniger Traurigkeit als Erleichterung. Toll, wenn es klappt, dachte ich. Er kann nur Dinge tun, die er wirklich mag.

»Was meinst du, Chihiro?«

»Was ich meine? Mich interessiert dieser Pasteur nicht. Ich weiß nur, dass da etwas mit Seidenraupen war und er einen Impfstoff gegen Tollwut entwickelt hat. Ach ja, und dass sich sein Grab irgendwo im Keller des Instituts befindet, oder nicht?«

»Was du alles weißt … Ich bin beeindruckt.«

»Hab ich aus dem Fernsehen. Ein Dokumentarfilm von NHK*.«

»Ach so. Sag mal, Chihiro, interessiert es dich denn gar nicht, wo und an was ich so arbeite?«

»Kaum, ehrlich gesagt. Und selbst wenn du es mir genau erklären würdest – ich könnte es nicht behalten. Es geht um die DNA, das menschliche Genom und solcherlei Dinge, nicht wahr? Du studierst an der Medizinischen Fakultät, aber nicht Medizin. Du forschst, das weiß ich, aber nicht über künstliche Geschmacksstoffe oder Bierhefe oder auch Reiskleie … Da könnte ich vielleicht noch ein wenig mitreden.«

»Nichts dergleichen, ja. Wenn ich dich so höre, Chihiro, wird mir klar, wie es im Bewusstsein der Allgemeinheit um die Naturwissenschaften steht.«

»Denkst du?«

»Es interessierst dich wirklich gar nicht?«

»Ich erinnere mich, dass du mal über Blaualgen forschen wolltest. Hast du deshalb nicht zuerst Agrarwissenschaft studiert?«

»Ich wollte nicht über Blaualgen forschen, son-

* Nippon Hōsō Kyōkai – einzige öffentlich-rechtliche Rundfunkgesellschaft in Japan (A. d. Ü.)

dern lediglich Blaualgen für ein Experiment benutzen. Es geht darum, Bakterienkulturen zu züchten und dann die Bedingungen zu studieren, die es ermöglichen, gewisse Gene einzuführen. Und ich war nicht an der Landwirtschaftlichen Fakultät. Nun ja, früher hieß sie vielleicht mal so, aber genau genommen war es das Institut für biologische Rohstoffe, Abteilung Biotechnologie. Das ist eigentlich etwas ganz anderes. Und jetzt bin ich eben an der Medizinischen Fakultät, im Bereich Forschung.«

»Ich werde mir das nie merken können. Wenn ich ›Blaualgen‹ höre, denke ich automatisch an Agrarwissenschaft … Aber sag mal, interessierst *du* dich denn dafür, was ich an der Uni gemacht habe?«

»Du hast das Zweijahresprogramm der N-Kunsthochschule absolviert und Raumgestaltung studiert. Und dein Spezialgebiet war Szenographie, genauer gesagt, Bühnenbilddesign, nicht Ausstellungsdesign, stimmt's?«

»Dass du das noch weißt … Hab ich selber fast vergessen. Unglaublich!«

»Was ich höre, vergesse ich so schnell nicht wieder, normalerweise.«

»Aber zurück zu deiner Frage von vorhin wegen Paris … Wie meintest du das? Du hattest sicher etwas im Hinterkopf.«

»In Paris müsste es doch viele Kunstakademien geben«, sagte Nakajima.

»Natürlich.«

»Und sicher auch welche mit Kursen über ein halbes oder ein ganzes Jahr.«

»Ich denke schon.«

»Dann mach doch einen Kurs. Komm, lass uns zusammen nach Paris fahren!«, sagte Nakajima. »Ich weiß jetzt: Ich möchte immer mit dir zusammenbleiben.«

»Was soll das heißen… Machst du mir einen Heiratsantrag?« Ich fühlte mich plötzlich bleischwer und war alles andere als erfreut.

»Nein.« Nakajima schüttelte den Kopf.

»Was denn sonst«, fragte ich.

»Pure Notwendigkeit«, antwortete er. »Ich kann mir nicht vorstellen, mit jemand anderem zusammenzuleben als mit dir, Chihiro. Ich habe es satt, immer allein zu sein. Habe es satt, mit dem Gitter unter dem Arm einzuschlafen. Jetzt, wo ich dich kennengelernt habe, kann ich nicht mehr so wie früher leben.«

»Hm, das klingt irgendwie, als würde jemand über mein Leben entscheiden wollen. Finde ich nicht so toll«, sagte ich. »Paris… Da möchte ich schon mal hin, aber nicht gerade jetzt, wo es mit der Arbeit gut läuft und ich viel Spaß habe.«

»Du hast doch gar keine neuen Projekte, oder?«

»Stimmt, aber das eine oder andere ist im Gespräch. Ist allerdings alles nicht so eilig.«

»Na, siehst du! Wo ist das Problem? Warum musst du unbedingt in Japan bleiben, in diesem Moment deines Lebens?«, bohrte Nakajima weiter.

Er hatte recht, es gab keinen wirklichen Grund. Ich war zwar nicht besonders scharf auf Paris, aber als ich mit Mama früher einmal dort gewesen war, hatten wir nur eine einzige Stunde Zeit für den Louvre. Wie schön wäre es, das Museum tagelang bis in alle Winkel zu erforschen. Und auch das Schloss Versailles hatte ich noch nicht gesehen.

Hinzu kam das Allerwichtigste – Mama war nicht mehr da. Und was sonst hätte mich noch an Japan gebunden? Ich musste zugeben: so gut wie nichts.

Ein Gefühl großer Trauer überkam mich. Ich wünschte mir, Mama wäre am Leben und würde mich nicht weggehen lassen. Ich wünschte mir, sie sagen zu hören: Das Ausland ist weit weg, dann können wir uns ja nicht mehr sehen! Ich vermisste ihre Stimme, doch es war nicht zu ändern.

»Ja, ich weiß.«

»Der Gedanke, bleiben zu müssen … So denken Leute, für die es nur ein Zuhause am immer gleichen Ort gibt. Aber wir …«

Nakajima verstummte, als wäre er drauf und dran gewesen, etwas Unerhörtes zu sagen.

An seine Art, abrupt zu schweigen, die einem das Gefühl vermittelte, dass er nicht mehr weiterreden konnte oder wollte, hatte ich mich inzwischen gewöhnt. Nach wie vor wusste ich zwar nicht, woher das kam, aber mittlerweile hatte ich so eine vage Vorstellung.

Nach einer Weile sagte Nakajima: »Es wäre sowieso besser, die Kosten für Apartment und Essen zu teilen. Das heißt, wenn es für dich zu viel ist, kann ich den größeren Betrag übernehmen. Schließlich bin ich derjenige, der dich drängt. Mitgefangen, mitgehangen.«

»Mitgefangen, mitgehangen … Diesen Spruch hab ich schon lange nicht mehr gehört«, sagte ich und fuhr dann fort: »Ich hab ja noch das Geld von Mama, das wird schon reichen. Und im Notfall hilft mir Papa.«

Nakajima nickte. »Die Bar deiner Mutter, hat die nach ihrem Tod nicht dein Vater geerbt? Ich denke, du kannst ihn schon um einen kleinen Zuschuss bitten, das ist dein gutes Recht. Manchmal zeigt sich Liebe darin, dass man jemandem einen Gefallen tut, oder nicht?«

Ja, das stimmte, aber bisher hatte ich versucht, möglichst ohne auszukommen.

»Anders gesagt: Was Geld betrifft, bist du zu gleichgültig, Chihiro«, sagte Nakajima.

Dass ausgerechnet er mir eine Lektion in Sachen praktischer Lebensführung erteilen wollte … Ich grinste.

In letzter Zeit war Nakajima immer gesprächiger geworden, was mich sehr freute.

Schon allein deshalb war ich bereit, alles für ihn zu tun. Zum Beispiel, meinen Vater zu treffen und ganz nett zu ihm zu sein.

Eines Nachmittags, während ich malte, kam der kleine Yotchan mit seiner Freundin Miki und brachte mir Snacks. Reiscracker, Kartoffelchips und Schokolade.

»Jetzt haben sie Farbe bekommen und sehen nicht mehr wie Geister aus, oder?«, sagte ich.

Das Mauerbild war fast fertig. Ich verbrachte meine Zeit vor allem damit, es auf mich einwirken zu lassen und da und dort mit Farben nachzubessern. Es ging jetzt nur noch darum, dass die verschiedenen Teile des Bildes zu einem harmonischen Ganzen, einer in sich ruhenden Welt verschmolzen.

»Sie sehen aber immer noch wie Geister aus. So traurig«, sagte Yotchan.

»Sag das nicht, ich habe Angst!«, sagte Miki. »Ich hasse Geister.«

»Auch wenn es Affen sind?«, fragte ich und dachte zugleich: Auch Farbe scheint nichts zu ändern.

»Ja.«

»Ich habe noch nie einen richtigen See gesehen«, sagte Yotchan.

»Ich schon, ich war am Ashi-See«, sagte Miki voller Stolz.

Wie reizend, dachte ich, während die beiden sich so unterhielten. Und zugleich: Mist! Die sehen also immer noch wie Geister aus. Offenbar merken die Kinder, dass diese Affen anders sind. Aber … wenn sie das merken, ist meine Malerei vielleicht gar nicht so schlecht?

Dann fingen die Kinder an, über etwas im Fernsehen zu reden, und ich pinselte weiter. Obwohl ich mich bei der Arbeit gestört fühlte, freute ich mich doch, dass sie gekommen waren.

Als ich mich nach ihnen umdrehte, kauerten die beiden am Boden, schwatzten und lachten, während sie ihre Süßigkeiten aßen und Manjū*, die sie von Sayuri bekommen hatten. Ich setzte mich hin, nahm einen Schluck heißen Kräutertee aus meiner Thermosflasche und überlegte mir, wie ich das ausgelassene, fröhliche Geplauder dieser Kinder, das mir wie farbiges funkelndes Licht erschien, in mein Bild einfließen lassen könnte.

* Mit Bohnenmus gefülltes Gebäck (A. d. Ü.)

Vom Boden bekam ich einen kalten Hintern, außerdem schmerzte meine Schulter, weil ich den Pinsel lange in die Höhe halten musste; doch von Aufhören konnte keine Rede sein.

Mit jeder Farbe, die ich da hinzufügte, erschien dort eine neue vor meinem inneren Auge, und so malte und malte ich meiner Vision hinterher, bis die Sonne unterging. Zu Hause würde ich erschöpft ins Bett sinken und schlafen wie ein Murmeltier.

Wenn ich an dieses Zuhause dachte, war Nakajima das Erste, was mir jetzt in den Sinn kam. Nakajima, der immer über seinen Büchern brütete, der immer in meiner Wohnung blieb – ob ich da war oder nicht. Er will mich wirklich sehen. Er kommt zu mir, weil er wirklich bei mir sein will, versuchte ich mir sein Verhalten zu erklären und fragte mich, ob es einen Menschen gab, dem ich mehr vertraute als ihm.

Wo Nakajima war, war auch der Ort, an den ich stets zurückkehrte. So konnte ich meine Tage verbringen, ohne mir Gedanken machen zu müssen: was ich eigentlich will, wie es mit meinem Leben weitergehen soll, zum Beispiel.

Irgendwann hatten die Kinder genug und gingen weg. Heute hast du einiges geschafft, dachte ich zufrieden und wollte mich gerade ein wenig ausruhen, als Sayuri mit düsterem Blick zu mir gelaufen kam. Vor weniger als einer Stunde hatte sie noch gelacht und gewinkt. Was konnte in der Zwischenzeit geschehen sein? Ich wartete gespannt.

»Hast du einen Moment Zeit, Chihiro?«, fragte sie.

»Sieht nicht nach einer guten Nachricht aus«, sagte ich. Wahrscheinlich hat man sich entschieden, das Haus abzureißen, trotz des neuen Mauerbildes, ging es mir jäh durch den Kopf. Doch das Problem war anderer Art. Nicht ganz so schlimm, aber ärgerlich. Es bereitete uns einiges Kopfzerbrechen.

»Wir haben einen Anruf vom Bürgermeister bekommen. Er sagt, sie hätten einen Sponsor gefunden.«

»Ich dachte, die Stadt würde die Kosten übernehmen. Oder hab ich das falsch verstanden?«

»Das dachte ich auch, aber wie es aussieht, hat der Sponsor angeboten, die gesamten Kosten zu übernehmen, wenn es der Belebung und Bereicherung des Quartiers diene.«

»Jetzt kommen die auf einmal? Was soll denn das«, sagte ich. Sayuri nickte.

»Und die Sache hat einen Haken: Als Gegenleistung will der Sponsor, dass das Logo mit dem Firmenmaskottchen möglichst groß hineingemalt werden soll. Weißt du, jenes riesige Logo auf dem

Dach der Konnyaku*-Fabrik in der Nähe der Autobahnauffahrt.«

Sayuri hielt mir ein Bild des Logos unter die Nase. Eine groteske, völlig verunglückte Kreation, in deren Mitte das Maskottchen prangte – ein gräulicher Block Konnyaku mit Augen und Nase.

»Was? Wie bitte?! Soll das ein Scherz sein?«

Ich konnte nur lachen und steckte auch Sayuri damit an.

Es war in der Tat lachhaft, doch wir wussten beide nur allzu gut, dass solche Dinge überall vorkamen. Nachdem ich mir die Lachtränen aus den Augen gewischt hatte, sagte ich: »Unmöglich. Schau doch, das Bild ist ja schon fast fertig.«

Dennoch arbeitete es in meinem Kopf, ich suchte nach einer Möglichkeit, das Logo doch noch irgendwie auf witzig-ironische Weise in mein Bild zu integrieren. Aber ich fand beim besten Willen keine praktikable Lösung.

Und selbst wenn ich das Logo auf meine Art malen würde – der Sponsor hätte keine Freude daran, das ahnte ich schon.

»Okay, ich werde versuchen, mit dem Sponsor zu reden«, sagte Sayuri. »Wärst du eventuell bereit,

* Gelartige Masse fast ohne Eigengeschmack, die aus der Konjakwurzel hergestellt und in verschiedenen Formen für verschiedene Speisen verwendet wird, wie z. B. Oden (Eintopfgericht mit Fleisch, Eiern, Rettich, Kartoffeln, Tōfu usw.) oder Fruchtgelees (A. d. Ü.)

das Logo unter gewissen Bedingungen zu malen? Wenn ja, welche?«

Die Angelegenheit begann mich zu nerven.

»Hm, dann höre ich vielleicht besser auf, damit jemand anderer das Logo, das heißt, ein neues Bild um das Logo herummalen kann.«

»Warum immer nur entweder-oder … Kannst du dir wirklich keinen Kompromiss vorstellen?«, sagte Sayuri leicht gereizt.

Ich musste mich irgendwie arrangieren. »Zu meiner Signatur kommt so oder so noch der Name der Stadt als Initiator und Verantwortlicher des Projekts. Wenn es unbedingt sein muss, male ich halt das Logo noch darüber, aber nur klein.«

»Der Firmenchef will aber sein Maskottchen-Logo schön groß haben«, erwiderte Sayuri, »und möglichst ins Bild integriert. Doch für eine Werbewand hätte man von Anfang an nicht dich fragen sollen, das stimmt. Ich habe schon mal Druck gemacht und gesagt, dass es doppelt so viel kosten wird, weil du das ganze Bild neu entwerfen musst.«

Sayuri grinste.

Ich mochte ihre Art und wollte ihr auf keinen Fall irgendwelche Vorwürfe machen.

»Ich gebe ja gerne zu, dass meine Bilder keine großartigen Kunstwerke sind. Auch habe ich dieses Bild hier mit der inneren Einstellung gemalt, dass es vielleicht bald zerstört werden könnte. Es ist aber ein großer Unterschied, ob jemand sagt: Dann hat es keinen Sinn, ein Bild zu malen, oder: Dann ist es völlig wurscht, was man da hinmalt. Meine Bilder sind nicht wie Filmplakate, die nach vorgegebenen Motiven im Eiltempo gemalt werden, nein. Bisher habe ich Aufträge nur dann angenommen, wenn mir die Freiheit garantiert wurde, meine eigenen Ideen umzusetzen, und ich glaube, ich kann das auch einigermaßen, jedenfalls versuche ich es mit ganzer Leidenschaft. Wenn nun einer daherkommt und meint, ich solle einfach mal so ein Ding reinmalen, ob es nun ein putziges Konnyaku-Kerlchen ist oder Pikachū, Gundam, Hamtarō*, egal, der hat meine Arbeitsweise nicht begriffen und den Auftrag an die falsche Person vergeben.«

»Ich verstehe, was du sagen willst, klar. Und gerade weil ich deine Arbeit kenne, wollte ich, dass du den Auftrag bekommst. Die Verantwortung liegt bei mir, mach dir also keine Sorgen, Chihiro. Ich bin nur gekommen, um dir Bescheid zu sagen, nicht, um dir etwas aufzuschwatzen.«

Wie man es von guten Lehrern erwarten kann, blieb Sayuri gelassen. Nach wie vor vertraute ich ihr.

»Wenn die Forderung so bestehen bleibt, muss

*Japanische Anime- und Mangafiguren (A. d. Ü.)

ich wirklich passen. Sag ihnen dann bitte, sie sollen einen Werbefritzen beauftragen. Ich verachte Werbefritzen übrigens nicht; es ist nur eine ganz andere Profession. Ich weiß schon, dass ich keinen Grund habe zu denken, ich sei viel besser als ein Hobbymaler. Aber meinen Beruf wechseln? Nein, das kann man nicht von mir verlangen.«

Ich betrachtete das Mauerbild. Ihr armen Affen … Vielleicht werdet ihr übermalt, und das war's dann. Aber Yotchan und seine Freunde werden sich gewiss an euch erinnern, auch wenn ihr nur kurz da gewesen seid.

Bei dem Gedanken fühlte ich mich plötzlich befreit – befreit von der Sorge, dass alles umsonst gewesen sein könnte, dass alles so bleiben musste, wie es war. Jawohl, ich war frei, und wohin auch immer es mich verschlug, es würde gut sein.

Dieses Gefühl hatte ich seit langem nicht mehr so intensiv empfunden.

Wunderbar, dachte ich, einfach wunderbar.

Um diesen besonderen Moment festzuhalten und auch die Freude, die ich beim Malen empfunden hatte, machte ich von dem Mauerbild ein Foto, mit dem Himmel im Hintergrund.

»Das wird schon irgendwie«, sagte Sayuri. »Auf jeden Fall will ich den Verantwortlichen der Stadt und der Firma ein Video zeigen, mit dir im Fernsehen, und auf den künstlerischen Wert deiner Arbeit pochen.«

»Na ja, übertreib mal nicht. Das ist mir fast schon ein bisschen peinlich«, sagte ich, was allerdings nur die halbe Wahrheit war; denn zum ersten Mal hatte ich das Gefühl, dass es mir mit meiner Arbeit wirklich ernst war, dass ich mehr sein wollte als nur eine Hobbymalerin.

Der Chef der Konnyaku-Firma hatte das Mauerbild ja noch gar nicht gesehen. Denn, so dachte ich, wenn meine Bilder künstlerisch wirklich überzeugend wären, würde niemand auf die Idee kommen, etwas draufpinseln zu wollen, andernfalls wäre ich mitschuldig an der Situation. Ich musste zugeben, dass mir ein Bild, dessen Ausdruckskraft gegen solche Anfechtungen gefeit gewesen wäre, bisher noch nicht gelungen war.

Keine Frage, ich wollte mich intensiver mit Kunst beschäftigen, mir viele große, berühmte Kunstwerke anschauen. Wie klein und unbedeutend ich doch noch war… Der Weg nach Paris schien sich auf einmal wie von selbst zu ebnen. Und dann sah ich wieder Nakajimas Profil vor mir, wie er bei mir zu Hause saß und sich wissbegierig über seine Bücher beugte.

Ich wünschte mir, mit der gleichen, leidenschaftlichen Hingabe malen zu können. Das, was tagsüber so alles geschah, an mich heranzulassen, statt davor zu fliehen, und es in eine andere Art von Energie umzuwandeln, es einen Teil von mir selbst werden zu lassen. So wie Nakajima es tat.

Doch erst einmal musste ich mit der Angelegenheit hier fertig werden.

»Okay, und ich werde versuchen, bei einer Zeitschrift was einzufädeln, am besten eine Reportage oder ein Interview, damit mein Name etwas bekannter wird. Ältere Herren wird das vielleicht gnädig stimmen, meinst du nicht? Auch könnte ich den Professor, der an der Uni meine Abschlussarbeit betreut hat und ziemlich berühmt ist, bitten, für mich ein Wort bei diesen Herren einzulegen. Er kommt von hier und hat einen gewissen Einfluss, denke ich. Von ihm stammt übrigens auch die skurrile Bronzestatue vor dem Bahnhof. Vielleicht schreibt er ja noch, mit Fotos und Infos zu meinem Werk, einen Brief an den Konnyaku-Chef persönlich, möglichst sanft und schonend im Ton, und kann ihn damit umstimmen ... Wenn das alles nichts bewirkt, tja, dann gebe ich es auf.«

Aber ich war eigentlich davon überzeugt, dass es funktionieren müsste. Wenn der Firmenchef nicht extrem reich und engstirnig war, würde er mein schon fast fertiges Bild wohl eher nicht übermalen lassen. Kurz, ich zählte auf den Sieg seiner Vernunft.

»Hoffen wir, es klappt«, sagte Sayuri. »Es tut mir wirklich leid, dass diese blöde Geschichte dazwischengekommen ist.«

»Schon gut. Ich tue, was ich kann«, antwortete ich und dachte bei mir: Vielleicht ist das ja meine letzte Arbeit in Japan. Ich fühlte mich nicht nur zur Wandmalerei hingezogen. Vieles war möglich, die Zukunft offen. Keine Ahnung, was noch alles aus mir werden würde.

Sicher schien mir nur, dass ähnliche Dinge auch in Zukunft passieren würden, egal, wo ich lebte. Ob es gut oder weniger gut lief – das Wichtigste war, immer das Beste aus der Situation zu machen, so wie ich es jetzt versuchte, und mich nicht vereinnahmen zu lassen.

»Melde dich, sobald es entschieden ist, ja?«, sagte ich. »Bis dahin mache ich Pause. All das ist nicht deine Schuld, Sayuri.«

Ich hatte sowieso noch anderes zu tun und wollte zu der Sache auch Distanz gewinnen. Mir tat das Herz weh, als ich den Blick über das Mauerbild schweifen ließ, das so kurz vor der Vollendung stand, und deshalb packte ich schnell meine Sachen zusammen.

Ich war nicht böse, im Gegenteil: Ich fühlte fast Mitleid mit Sayuri.

Die Herren waren eben davon ausgegangen, dass

sie mit einer wenig bekannten Künstlerin wie mir machen konnten, was sie wollten. Und hatten gedacht, ich würde den Mund halten und das Gewünschte schön brav hinmalen.

Na ja, eigentlich überraschte es mich nicht. Diese Einstellung war in der Geschäftswelt weit verbreitet, ob es sich nun um Anlageberater handelte oder um Hersteller von Zitrusessig-Soßen. Das sind nur Beispiele, aber überall ging es doch darum, sich irgendeinen Vorteil zu verschaffen, und niemand wollte sich die Chance, auch ein wenig zu profitieren, entgehen lassen. Man kaschierte mehr oder weniger geschickt den eigenen Standpunkt, täuschte Verständnis vor, wo keines war, und einigte sich auf einen halbherzigen Kompromiss, für den niemand die Verantwortung übernehmen wollte. Das Seltsame war, dass sich bei diesem zweifelhaften Spiel mit fragwürdigem Ausgang alle so bereitwillig in ein Korsett zwängten beziehungsweise zwängen ließen. Wie oft hatte ich schon beobachtet, was ich nun selbst erlebte.

Aber ich wollte das nicht mitmachen, weil mich diese allgegenwärtige Verlogenheit richtig anekelte.

Ich hatte lustvoll mit der Welt experimentiert, im Bestreben, etwas zu hinterlassen, was diesen Flecken verschönert und die Herzen der Menschen beflügelt – wenn vielleicht auch nur ein kleines bisschen.

Und jetzt sollte ich mich auf einen durchsichtigen Deal einlassen. Wie öde!

Wenn ich Sayuri gewesen wäre und mir als Mitverantwortlicher die Kindereinrichtung mehr als alles andere am Herzen gelegen hätte, wären mir sicher x Möglichkeiten eingefallen, das Problem so zu lösen, dass am Ende alle Beteiligten zufrieden waren.

Doch der Vorschlag, husch, husch noch ein Logo mitten ins Bild zu malen, widersprach meinem Arbeitsethos total. Käme ich als Fremde zufällig an dieser Mauer vorbei und sähe das Werbelogo, würde ich denken: Wie hässlich ... Was soll denn das?! Und nebenbei gesagt, eine Firma, die 500 000 Yen nur unter der Bedingung lockermacht, dass sie ihren Namen möglichst auffällig hinklecksen darf, war gewiss auch keine vertrauenswürdige Firma. 500 000 Yen waren für mich zwar viel Geld, aber deswegen war ich nicht bereit, mich der Lächerlichkeit preiszugeben, geschweige denn mir untreu zu werden und es vielleicht ein Leben lang zu bereuen.

Ich erinnerte mich an die Geschichte von einem Bildhauer, den ich sehr schätzte.

Er war gebeten worden, für den Platz im Zentrum einer Stadt eine Skulptur anzufertigen. Früher war da, wo jetzt die Stadt war, Wald gewesen, und in dem Wald hatten Roma gelebt, von denen viele im Krieg umkamen. Deshalb schlug der Künstler eine Skulptur zum Thema »Roma« vor. Er wollte an deren Verfolgung und Diskriminierung erinnern und dachte, der Platz wäre der ideale Ort für das Gedenken an eine Bevölkerungsgruppe, die furchtbares Leid ertragen musste – ein Leid, das von der Öffentlichkeit hartnäckig totgeschwiegen wurde. Doch Bürgermeister und Stadtbewohner stellten sich dagegen, weil noch immer viele Roma herumstreunten, die Taschen entrissen und Portemonnaies klauten und nicht zuletzt das Geschäft mit den Touristen vermiesten. Solche Leute wolle man nicht mit einem Kunstwerk ehren, sagten sie, und das Vorhaben wurde gestoppt.

So ist es nun mal: Je nach Wahrnehmung zeigen sich die Dinge in einem anderen Licht.

Dafür zu kämpfen, dass sich die Wahrnehmung ändert und eine Öffnung stattfindet, ist sicher wichtig; am allerwichtigsten aber schien es mir, die Kluft in der Wahrnehmung als solche anzuerkennen und sich um das Verständnis zu bemühen, warum Menschen so denken, wie sie eben denken.

Ich wollte meine Sicht der Dinge unbedingt verteidigen. Dafür musste ich mich weiterentwickeln und meine Technik verfeinern. Natürlich würde es immer Konflikte geben, egal, wie berühmt oder gut man ist. Aber wenn man ein gesundes Selbstvertrauen hatte, würden sich die Probleme viel schneller lösen lassen. Das war der entscheidende Punkt.

Leider war es so, dass ich noch nicht das Selbstvertrauen und den Mut hatte, vor die Leute hinzutreten und zu sagen: »Schaut doch, ist mein Bild nicht viel schöner als dieses bescheuerte Logo?« Ich war einfach noch zu jung und zu unerfahren, das merkte ich jetzt und schämte mich fast ein wenig dafür.

Als ich nach Hause kam, war Nakajima wie verrückt am Arbeiten. Vor ihm das geöffnete PowerBook, in seiner Hand ein Wörterbuch.

»Oh, schon zurück?«, sagte er.

»Ich hab schon Sachen fürs Abendessen gekauft«, sagte ich. »Heute gibt's nichts vorzubereiten.« Warum ich das sagte, wusste ich selbst nicht recht. Es sprudelte einfach aus mir heraus.

»Ach wie schade … Ich hab mich nämlich schon darauf gefreut, eine kleine Verschnaufpause machen zu können. Tja dann … wie wär's mit einem Kaffee von dem Laden mit den hausgerösteten Bohnen? Etwas frische Luft würde mir guttun«, sagte Nakajima und schaute mich erst jetzt richtig an. »Was ist los … Ist etwas Unerfreuliches passiert?«

Ich nickte und erzählte ihm die Geschichte.

»Das wundert mich nicht. Ich sehe ja, wo du stehst

und wie wenig bekannt du noch bist und wie provinziell gewisse Leute hier auf Kultur reagieren.«

»Du bist wirklich sehr direkt …« Nakajimas unverblümte Art beeindruckte mich.

»Wenn man nicht sagt, was man denkt, muss man lügen, wenn es darauf ankommt.«

»Jedenfalls kann ich so ein idiotisches Konnyaku-Logo nicht in mein Bild malen. Ich wüsste nicht, wie!«

»Hast du es gesehen?«

»Klar, hab ich. Da ist ein Maskottchen und darüber die Schrift, furchtbar komponiert. Einfach nur hässlich.«

»Wenn du das Ding ganz klein in eine Ecke malst?«

»Das wäre überhaupt kein Problem, aber der Sponsor will es unbedingt groß haben. Seine Bedingung.«

»Das hätten sie dir von Anfang an sagen sollen.«

»Wem sagst du das …«

»Selbst wenn dein Bild noch kein Meisterwerk ist – es ist ein Schritt auf dem Weg deiner persönlichen Entwicklung. Aus dem Samen wird eines Tages ein großer, stattlicher Baum. Davon bin ich überzeugt. Wenn die Leute das allerdings nicht sehen wollen, tja, dann haben wir ein Problem.«

»Und noch mal Nakajima im O-Ton … Ich sehe ja auch, dass meine Bilder noch nicht ausgereift sind.

Deswegen kann ich auch so locker auf eine Mauer malen, die vielleicht nicht mehr lange steht.«

»Ich weiß, nur: Deine Bescheidenheit hilft dir nicht. Denn deine Selbstwahrnehmung und die Wahrnehmung der Leute, die dein Bild lediglich als Blickfang für ihre Werbung sehen, das sind zwei völlig unterschiedliche Dinge.«

»Ja eben.«

»Man hat dir einen Auftrag gegeben, und wenn nun aus heiterem Himmel der Inhalt des Auftrags geändert wird, geht das natürlich gar nicht.«

»Genau.«

»Du könntest zu ihnen sagen: ›Ich bin bereit, das Logo klein in eine Ecke zu malen. Wenn Sie das nicht akzeptieren, steige ich aus.‹ Was meinst du?«

»Absolut. So habe ich es mir vorgenommen.«

»Gibt es an deiner ehemaligen Uni keinen berühmten Professor oder Kunstkritiker? Beziehungen sind immer gut.«

»Gibt es.«

»Sie könnten etwas für dich tun, Chihiro. Autorität gegen Autorität. Das bringt Bewegung ins Spiel. Vielleicht ließen sich auch die Medien einspannen? Wenn irgendwo ein Bericht erscheinen würde, in dem auf die Bedeutung deiner Arbeit und insbesondere auf das aktuelle Mauerbild hingewiesen wird, wäre das sicher von Vorteil. Du kannst es sogar auf eine Auseinandersetzung vor Gericht ankommen lassen, warum nicht? Und was Sayuri betrifft: Sie muss sich entscheiden, auf welcher Seite sie steht.« Nakajima hielt einen Moment inne. »Weißt du, Leute wie wir sind nie im Mittelpunkt. Wir sind irgendwo am Rand, um nicht zu sagen Außenseiter. Aber das ist gut so. Es ist besser, nicht aufzufallen, besonders wenn man anders denkt und urteilt als die Mehrheit. Man macht sich keine Freunde damit. Doch wenn es wirklich hart auf hart kommt, musst du dich beziehungsweise deinen Platz behaupten können. Wenn du das nicht schaffst, bist du nur noch eine Schattenexistenz, abgeschnitten und vergessen vom Rest der Welt, wie ein Eremit.«

Was er sagte, sprach mir so sehr aus dem Herzen, dass ich glaubte, Nakajima könne meine Gedanken und Gefühle lesen.

Und weil wir so ähnlich dachten, flaute mein Ärger über dieses Unterbrechen- und Verhandeln-müssen, das mir so zuwider war, ab und verschwand wie durch Zauberhand.

Früher, wenn etwas Ärgerliches geschehen war und ich nach Hause zurückkam, streichelte und liebkoste ich immer meine Katze, bis sich meine Stimmung wieder aufhellte. Jetzt hatte Nakajimas Anwesenheit die gleiche Wirkung. Durch ihn neutralisierte sich das Gift, das in meinem Herzen aufgewirbelt worden war, und ich beruhigte mich wieder.

Mein altes Ich hätte nach einem Tag wie diesem seinen Frust mit wortlosem, wütendem Sex abreagiert, ohne dem Freund zu erzählen, was vorgefallen war – daran erkennt man, wie es um meine Beziehung zu Männern stand.

Doch mit Nakajima war es anders. Er meinte es ernst, und er nahm mich ernst, in jeder Hinsicht. Er war ein Mann, dem man nichts vormachen konnte.

In dem Moment geschah es: Ich verliebte mich mit Haut und Haar in diesen Menschen. Diese Liebe wog schwer und verlangte alles von mir, aber dafür war der Lohn umso größer. Ich fühlte mich, als würde ich in den endlos weiten Himmel schauen oder, im Flugzeug sitzend, über dem leuchtend weißen Wolkenmeer schweben.

Es war so schön, dass es schmerzte – wie wenn man trauert. Wie wenn man plötzlich die Dinge in einem großen Zusammenhang sieht und sich dessen bewusst wird, wie flüchtig doch unser Leben auf Erden ist.

Ich hatte noch etwas Bestimmtes zu erledigen.

»Hallo, Papa, ich bin am Bahnhof. Können wir uns heute kurz treffen?«

Da ich es vermeiden wollte, zuerst mit jemandem

von der Firma zu reden, rief ich ihn direkt auf seinem Handy an.

»Du hast es aber eilig«, sagte Papa.

»Na ja, ich kann mit meiner Arbeit im Moment nicht weitermachen«, sagte ich. »Deshalb ist es ausnahmsweise einmal nicht schwierig, von hier wegzukommen.«

»Am Abend hab ich etwas Zeit. Wie wär's in etwa zwei Stunden? Wir könnten zusammen essen.«

Das Restaurant, das Papa vorschlug, war ein miserabler Italiener. Ich hasste diesen Laden, weil Papa dort immer den Platzhirsch spielte und sich wichtigmachte.

Aber ich durfte mich nicht beklagen; schließlich wollte ich ihn kurzfristig treffen, und außerdem würde er mich einladen.

Meine Familie war gewiss keine Vorzeigefamilie gewesen, doch deswegen trug ich keinen psychischen Schaden davon. Allein der Gedanke erschien mir absurd. Wenn mich dennoch etwas schmerzte, war die Ursache dafür ich selbst – das wurde mir deutlich bewusst, seit ich mit Nakajima zusammen war und oft Gelegenheit hatte, mich mit ihm zu vergleichen. Ich dachte, ich wäre ein ziemlich zäher Mensch, doch als ich da am Bahnhof stand, musste ich doch einige Tränen vergießen.

Erinnerungen an die Zeit, als Mama noch lebte

und ich regelmäßig zu ihr fuhr, überkamen mich. Sie schlummerten offenbar sehr tief in mir, ich hatte es lange nicht mehr bemerkt.

Dieser Ort – der Bahnhof – ließ alles wieder hochkommen. Ich sah mich, wie ich ins Krankenhaus rannte und glücklich war, dass Mama noch lebte. Glück nimmt man erst im Nachhinein als solches wahr. Wohl deshalb, weil sinnliche Wahrnehmungen wie Gerüche oder Erschöpfung sich in der Erinnerung nicht direkt manifestieren und nur die angenehmen Dinge hängenbleiben.

Ich bin immer wieder überrascht, was mir als Glück erscheint und wie Erinnerungen plötzlich geweckt werden.

Diesmal geschah es, als ich aus dem Zug stieg. Wie früher kam mir der Gedanke: Jetzt geh ich zu Mama, sie lebt, sie wird es auch heute schaffen! ... Und das Glück von damals durchströmte mich wieder.

Doch auch Traurigkeit, das Gefühl von Verlorenheit kehrte zurück. Denn wenn ich an diesem Bahnhof ausstieg, würde ich zwar bald meinen Papa sehen, aber nicht mehr, so wie früher, meine Mama. Nie mehr.

»Übrigens, der Chef vom Restaurant war vier Jahre in Italien! – He Sie, mein Lieber, können Sie Herrn Sugiyama mal bitten herzukommen, wenn er gerade nichts zu tun hat? Ich möchte ihm meine Tochter vorstellen.«

Papa benahm sich, wie ich befürchtet hatte. Bitte hör auf damit, das kenne ich schon. Und wie soll der Chef nichts zu tun haben, wenn der Laden voll ist?, dachte ich genervt, behielt es aber für mich.

Nach kurzer Zeit kam tatsächlich jemand mit einer Kochmütze an unseren Tisch und wechselte ein paar Worte mit Papa, bevor er mich begrüßte. Brav setzte ich ein Lächeln auf.

Bald würde ich Japan verlassen und Papa wohl länger nicht mehr sehen. Bei dem Gedanken fand ich sein Gehabe schon wieder einigermaßen erträglich, ja sogar charmant.

Das Essen wurde gebracht: zu große Portionen zu weich gekochter Pasta, danach das eher mickrig aussehende Hauptgericht. Ich fragte mich, was der Chef vier Jahre lang in Italien gemacht hatte, aber vielleicht war es nicht einmal Unfähigkeit, sondern vielmehr die Essgewohnheit einer Provinzstadt, an die er sich notgedrungenermaßen anpassen musste. Als ich an der Kunsthochschule war, lernte ich ein paar italienische Austauschstudenten kennen und besuchte auf mehreren Backpacker-Reisen auch deren Heimatorte. Ich hatte damals kaum Geld und aß nur in einfachen Restaurants, aber so ein Gemurkse wie hier war mir dort nie serviert worden.

Sehnsüchtig dachte ich an meine Erlebnisse in Italien zurück, und je länger ich das tat, umso mehr begann ich mich auf das bevorstehende Abenteuer zu freuen. Schon bald wirst du nach Europa fahren, eine neue Herausforderung auch für dich!, redete ich mir im Stillen zu.

»Papa, ich plane für nächstes Jahr einen Studienaufenthalt in Paris.«

»Mit einem Mann, nehme ich an, oder?«, sagte Papa, ohne eine Sekunde zu zögern.

Ich war baff.

»Wie kommst du darauf?«

»Ist doch ganz einfach – man sieht es deinem Gesicht an. Du könntest jederzeit Mutter werden.«

»Wirklich?« Ich lächelte. Vielleicht war ich zu mehr aufgelegt, als ich selbst glaubte.

»Warum denn nicht? Wenn du dir das vorstellen kannst, ist es schon mal gut. Eine Bitte hätte ich aber: Zeig mir den Kerl, bevor du gehst, ja?«

»Wir werden sehen. Aber nicht gleich heute oder morgen«, gab ich zurück. Ich hatte keine Ahnung, wie ich das bewerkstelligen sollte. Einer wie Nakajima war nicht gerade die Traumbesetzung für ein solches Treffen.

»Was macht er denn so? Erzähl mir ja nicht, er möchte Maler werden«, sagte Papa.

»Nein.«

»Ist er jünger als du? Student?«

Wie nahe er der Wirklichkeit schon kam! Eltern haben erstaunliche Fähigkeiten.

»Ja, an der Medizinischen Fakultät. Wir sind gleich alt, er schreibt gerade seine Doktorarbeit. Wenn er fertig ist, will er als Stipendiat drüben an einem Forschungsinstitut weiterstudieren.«

»Hab ich mir doch gedacht, dass ein Mann dahintersteckt. Das gefällt mir nicht, ehrlich gesagt. Kein bisschen.«

Papa schien wirklich enttäuscht zu sein.

»Du presst mich aus wie eine Zitrone und machst dann so ein Gesicht…« Ich lachte.

»Okay, wenn du dich für eine Kunstakademie entschieden hast, schick mir bitte eine Aufstellung sämtlicher Kosten. Im Gegenzug verlange ich von dir, dass du mich ab und zu besuchst. Versprochen?«

»Du musst mir nicht alles bezahlen, nicht nötig. Ich hab ja noch das Geld von Mama«, sagte ich. »Im Übrigen würde ich dich auch besuchen, wenn ich von dir gar nichts bekäme, mach dir keine Sorgen! Und ich hoffe, du kommst auch mal nach Paris. Ehrlich gesagt, bist du die einzige Person, die ich sehen möchte. Auf deine Familie und Verwandten hab ich echt keine Lust.«

»Ich mag es auch nicht, wenn ich sehe, wie du dich mit meiner Schwester und all den anderen quälst.

Also lassen wir das«, antwortete Papa. »Und bitte, wenn ich dir Geld überweise, schick es nicht zurück. Wenn etwas ist, lass es mich unbedingt wissen. Wenn du krank bist oder schwanger oder dich getrennt hast. Oder wenn du mit der Akademie aufhörst. Wenn irgendwas in der Art passiert, möchte ich Bescheid wissen, hörst du? Und nochmals: Stell mir bitte, wenn möglich, deinen Auserwählten vor. Egal, wann.«

»Okay.«

Danke, Papa, dachte ich für mich, während ich die verkochten Nudeln aß.

Ein neuer Abschnitt in der Beziehung zwischen Vater und Tochter hatte begonnen.

Kein Mensch legt es darauf an, erwachsen zu werden; dies geschieht allein dadurch, dass man in den unterschiedlichsten Situationen gezwungen ist, Entscheidungen zu treffen. Davor nicht zurückzuschrecken, sondern Entscheidungen bewusst zu treffen ist für den Prozess sehr wichtig.

Und wie ich so neben Papa stand, sah ich in ihm auf einmal nicht mehr einen Mann mittleren Alters, sondern einen Großvater.

So ändert sich die Wahrnehmung, wenn man in großer Distanz zueinander wohnt.

Wir werden wohl nie wieder unter einem Dach wohnen, dachte ich, und plötzlich verwandelte sich der banale Alltag in einen Film voller kostbarer Erinnerungen. Unerwartet lebte eine Zeit wieder auf, die ich längst der Vergangenheit überlassen hatte. Papa war damals fester Bestandteil meines Lebens gewesen, harmonisch eingewoben in den Stoff, der mich umhüllte.

Doch das Leben ist unberechenbar. Es könnte ja sein, dass Papas Firma pleitegeht und die Leute in der Stadt nichts mehr von ihm wissen wollen? Er zieht zu mir in die Nähe, und da ich inzwischen sehr viel Geld habe, bezahle ich ihm die Miete fürs Apartment. Ein abstruses Gedankenspiel, das war mir klar, aber es half mir, meine Eifersucht zu dämpfen.

Die Eifersucht, die mich zu quälen begann, als Mama starb und ich Papa an diese Stadt verlor.

Das Kind in mir weinte. Warum wolltest du nach Mamas Tod nicht einfach mein Papa sein und mit mir zusammenleben? Wie konntest du nur in deiner Firma weiterarbeiten, als wäre nichts geschehen, und dich mehr um deine Verwandten kümmern als um mich? Was hat dir eigentlich unser Familienleben bedeutet? War es für dich nur ein Spiel? Hast du immer nur so getan, als wären wir dir wichtig?

Doch als Erwachsene wollte ich andererseits frei sein, und es wäre mir unangenehm gewesen, wenn Papa sich an mich geklammert hätte.

Und wie ein Mann und eine Frau, die ihre Liebe

voreinander verstecken, versteckten auch wir den leisen Wunsch, vielleicht wieder unter einem Dach zu leben, und sprachen nie ein Wort darüber.

Auch das ist eine Form von Liebe.

Liebe ist nicht nur gegenseitige Fürsorge, sich umarmen und immer zusammen sein wollen; Liebe äußert sich auch und gerade in der Zurückhaltung, im Zähmen der Gefühle – die sich dann wiederum als Delikatessschinken oder Geld materialisieren. Ein Gespür für Zuneigungen dieser Art zu haben ist ein großes Geschenk.

Unsere Verhandlungsstrategie schien erfolgreich zu sein, denn alles entwickelte sich so, wie wir gehofft hatten.

Gerade noch rechtzeitig vor der Deadline für die nächste Ausgabe konnte ich ein Interview bei einer bestimmten Zeitschrift organisieren. Das Timing war perfekt. Viele Leute, die das Interview gelesen hatten, wollten nun das Mauerbild sehen und kamen, während ich noch an der Arbeit war. Die Tatsache, dass mein Mauerbild in einer Zeitschrift abgedruckt wurde, bestärkte sie offenbar in der Meinung, das Bild müsse einen gewissen künstlerischen Wert haben, auch wenn es aussah, als hätten es Kinder gemalt.

Mein höflich, aber unmissverständlich formulierter Bittbrief sowie das Empfehlungsschreiben meines Professors von der Kunsthochschule wurden dem Chef der Konnyaku-Firma überbracht, worauf dieser sich die Sache aus der Nähe anschauen wollte. Der ganze Rummel um das Mauerbild freute ihn natürlich sehr, und schließlich fand auch er, es wäre schade, das Bild zu übermalen, und gab sich mit dem Logo in der Ecke zufrieden. Er bat mich lediglich noch darum, den Namen seiner Firma zu erwähnen, wenn das Bild vollendet sei und ich der Lokalzeitung und dem Kabelfernsehen Interviews geben würde.

Klar, wir machen alles, was dem Bild dient, dachte ich für mich und zeigte mein Einverständnis, indem ich lächelnd nickte. Sayuri, die nicht nur Verhandlungsgeschick bewiesen hatte, sondern auch eine begnadete Organisatorin war, sagte, sie wolle meine Managerin werden, falls sie eines Tages ihre Arbeit verlieren sollte.

»Es sieht ganz so aus, als könnte ich mein Bild so fertigmalen, wie ich es mir vorgestellt habe. Es ist alles gutgegangen. Ich danke dir für deine Hilfe.«

Wir saßen in einem Restaurant, nicht weit von meiner Wohnung entfernt. Ich hatte ein Menü mit gebratenem Schweinefleisch und Ingwer bestellt, Nakajima geschmorte Makrele. Ich war ihm wirklich dankbar.

»Na, siehst du, es hat funktioniert. Kein Wunder, bei den Banausen, die Werbung und Kunst in einen Topf schmeißen. Du musst zuerst ein – wenn auch noch so kleiner – Medienstar sein, bevor sie weich werden.«

Wieder einmal kam ich in den Genuss von Nakajimas gnadenloser Offenheit.

Es erinnerte mich an die Art und Weise, wie Chii mir begegnet war.

»Ich denke, das ist überall so, nicht nur in Japan«, entgegnete ich.

»Hm, aber es ist sicher anders, wenn du es mit Leuten zu tun hast, die es gewohnt sind, geniale Architektur zu sehen, Kirchen voll großartiger Decken- und Wandmalereien. Aber von Kunst verstehe ich kaum etwas, deshalb kann ich es nicht wirklich beurteilen. Jedenfalls möchte ich mir vieles anschauen, wenn wir in Paris sind«, sagte Nakajima und nahm einen Bissen von seiner Makrele. »Ich habe das Gefühl, dass in Ländern eines anderen Kulturkreises sich auch die Art und Weise, wie Forscher arbeiten, wie sie ihren Gegenstand betrachten, von der unsrigen unterscheidet. Wenn ich nur schon daran denke, klopft mir das Herz. Wahrscheinlich werde ich wie der Ochs vorm Berg dastehen und mich völlig überfordert fühlen.«

»Und ich werde überwältigt sein von der Fülle

von Kunst. Endlich kann ich mir Bilder anschauen, sooft und solange ich will. Nicht wie im Ueno-Kunstmuseum*, wo man sich erst lange anstellen muss, um dann vielleicht fünfzehn Sekunden lang einen Blick auf das eine oder andere berühmte Gemälde werfen zu dürfen. Und dann die Kirchenkunst ... Am meisten interessieren mich die Fresken«, sagte ich. »Gerne würde ich auch das Restaurieren von Bildern lernen. Ach, es gibt so viele Dinge, die ich machen möchte! Sie warten auf mich. Erst seit ich dich kenne, Nakajima, verspüre ich das Bedürfnis, viel mehr über all das zu erfahren, was mich interessiert.«

Das Restaurant war voll von Studenten sowie Männern, die allein aßen. Im Fernsehen lief Baseball. Die Kellnerinnen und Kellner hatten alle Hände voll zu tun und riefen fortwährend Bestellungen in die Küche. Da wir kaum jemals auswärts aßen, wirkte das emsige Hin und Her erfrischend, ja sogar unterhaltsam. Wie ein Maulwurf, der sich lange verkrochen hat und nun den Kopf aus seinem Loch streckt, schaute ich dem Treiben gebannt zu.

Ich hatte vorgeschlagen, zur Abwechslung einmal nicht zu Hause zu essen, weil ich Nakajima als

* Gemeint ist das Tōkyō Metropolitan Art Museum. Auf dem Gelände des Ueno-Parks gebaut und 1926 eröffnet, gilt es als erstes öffentliches Kunstmuseum Japans. (A. d. Ü.)

Dank für seine Unterstützung einladen wollte. »Na ja, warum nicht«, hatte er nur gesagt und sich widerwillig aufgerafft, mir zuliebe.

Nach langer Zeit wieder einmal auswärts zu Abend essen, in einem einfachen nahe gelegenen Restaurant – etwas Unspektakuläreres, ja Langweiligeres kann man sich eigentlich kaum vorstellen, und wenn ich noch allein gewesen wäre, hätte ich es auch tatsächlich so empfunden. Doch mit Nakajima verwandelte sich alles: Seine Wahrnehmung der Dinge, die Art, wie er über die Welt dachte, eröffnete mir ein unbekanntes, faszinierendes Universum. Was mir früher als grauer Alltag erschienen war, zeigte sich mir in neuer Farbe und Frische.

»Mag sein, Chihiro, aber weißt du, was ich befürchte? Dass du in Japan immer bekannter wirst, immer mehr Anfragen bekommst und am Ende gar keine Lust mehr hast, nach Paris zu fahren«, sagte Nakajima und schaute auf seine Schale Misosuppe, in der kleine Körbchenmuscheln schwammen. Eine nach der andern pickte er sorgfältig mit den Stäbchen heraus und führte sie zum Mund.

»Wenn ich etwas machen kann, wo auch immer in Japan, sage ich natürlich nicht nein. Ich möchte arbeiten, solange es geht, und so viel Geld verdienen wie möglich«, sagte ich. »Aber keine Sorge, ich fahre nach Paris. Das Leben mit dir ist mir wichtig, und solange ich noch jung bin, möchte ich mitgerissen werden. Von etwas Großem, Gewaltigem. Ich will mich weiterentwickeln, mich verbessern, auch wenn es am Ende nur einen kleinen Unterschied ausmacht.«

»Gut«, sagte Nakajima in seiner trockenen Art. Obwohl ich mir ziemlich sicher war, dass er sich freute, war ihm nichts anzumerken.

Wir reden wie ein junges Ehepaar, ging es mir durch den Kopf.

Ehepaar spielen, Vater spielen, mündiger Bürger spielen, alles in meinem Leben und um mich herum kam mir vor wie ein einziges großes Als-ob.

Doch anders war es eben kaum möglich, das Leben zu meistern. Und nur weil die Menschen einander etwas vorspielen, heißt das noch lange nicht, dass es ohne Herz und Seele ist.

Endlich war mein Mauerbild fertig. Gegen Ende hatte ich ein paarmal bis spätabends gearbeitet, aber dann war es so weit. Mit Sayuri und dem Leiterehepaar der Kindereinrichtung machten wir ein Erinnerungsfoto. Wie verabredet kam ein Journalist der Lokalzeitung, auch das Fernsehen kam, und artig erwähnte ich vor der Kamera den Namen des Konnyaku-Herstellers und bedankte mich beim Besitzer für die finanzielle Unterstützung. Dann machte ich mit den Kindern, mit denen ich mich inzwischen angefreundet hatte, als wären wir zusammen campen gewesen, ein weiteres Erinnerungsfoto, und zum krönenden Abschluss wurde ich zum Yakiniku-Essen* eingeladen.

Nachdem alles vorbei war – es war fast Mitternacht –, kletterte ich heimlich über das Eingangstor der Kindereinrichtung und stellte mich vor die Mauer.

Vielleicht lag es daran, dass das Bild gerade erst fertig geworden war, aber es sah phantastisch aus. Von all den Bildern, die ich bisher gemalt hatte, war es eindeutig das beste. Selbst wenn niemand es anschaute, vermochte es sich in seiner imposanten und würdevollen Präsenz gegen das Dunkel der Nacht zu behaupten.

Und da spürte ich, wie sich tief in meinem Innern endlich eine Spur von Selbstvertrauen festsetzte, ein Anker, der sich nicht mehr so leicht lösen würde.

Jetzt bin ich bereit, dachte ich. Ich kann gehen, und es wird alles gut werden.

Die Affen im Bild turnten und flitzten herum, als dürften sie keine Zeit verlieren. Kleine Farbexplosionen da und dort vereinigten sich zu einem großen Regenbogen.

Als mein Blick auf jene zwei Affen fiel – der eine

*Japanisches Barbecue (A. d. Ü.)

trank Tee, der andere schlief in seinem Bett –, durchfuhr es mich wie ein Blitz.

Ach ja, Mino und seine Schwester! ... Ich will sie besuchen, ganz allein. Ich bringe ihnen ein Foto von der Mauer mit. Und vielleicht hat Chii mir ja etwas mitzuteilen ...

Ich überlegte mir schon, welche Bahn ich nehmen und wo ich umsteigen musste, wie der See noch mal hieß – da kam mir in den Sinn, was Yotchan gesagt hatte.

»Geister.«

Vielleicht gab es jenen Ort in Wirklichkeit ja gar nicht, sondern nur in Nakajimas Vorstellung? Vielleicht waren seine beiden Freunde gar nicht mehr von dieser Welt, und Yotchan hatte die Wahrheit gesagt?

Mich schauderte, denn auf einmal schien mir diese Version viel plausibler.

Eigentlich war ich ein sehr praktischer, realitätsbezogener Mensch, der so etwas nie geglaubt hätte. Doch seltsamerweise fügte sich alles geradezu perfekt zusammen ... Ich irrte da im Nebel meiner Erinnerungen umher, und dieses Gefühl wollte einfach nicht verschwinden.

Nakajimas Fähigkeit, einen so weit zu verunsichern, dass man nicht mehr genau sagen konnte, was wirklich war und was nicht, irritierte mich. Seine ganze Existenz, so hatte ich es schon früher gelegentlich empfunden, strebte nicht auf etwas Lichtes, Helles zu, sondern auf etwas anderes.

Ich fühlte mich wohl in seiner Gegenwart und liebte ihn durchaus, doch dieses rätselhafte Etwas, das mich manchmal erschaudern ließ, machte mir Angst.

Aber vielleicht gehört das ja zur Beziehung zweier Menschen, die es wirklich ernst miteinander meinen? Normalerweise versuchen wir, es mit aller Kraft zu verdrängen, doch in Wahrheit ist es immer da: das eigenartige Gefühl von Trauer und Einsamkeit, als würde man ins rabenschwarze, undurchdringliche Dunkel der Nacht starren.

Versteht sich das nicht von selbst, wenn zwei Welten sich berühren?

Als ich noch ein Kind war, habe ich jede Menge Kotze gesehen; besoffene Frauen, deren BH das schwabbelige Fleisch kaum im Zaum halten konnte; Männer, die meinen noch jungen Körper von oben bis unten musterten, als würden sie ihn in Gedanken ablecken – all das war normal für mich gewesen. Und später geschahen noch viel verrücktere Dinge … Die Vorstellung, dass es da draußen eine Welt gab, in der Mord und Totschlag nichts Ungewöhnliches waren, war für mich ein Leichtes. Es war weder meine Welt noch die meiner Eltern, aber ich wusste genau: Man musste nur den Vorhang des schönen Scheins einen Spaltweit öffnen; dahinter, im Verborgenen, gab es viele Wege, die in jene andere Welt führten.

Jeder weiß das, und dennoch tun wir so, als ob es nichts dergleichen gäbe. Wir leben unser Leben und sehen nur das, was wir sehen wollen.

Aber manchmal begegnen wir Menschen wie Nakajima, die uns *alles* in Erinnerung rufen. Er tat oder sagte gar nichts Besonderes; allein ihn zu sehen genügte, um plötzlich mit dem großen Ganzen, der ungeheuerlichen Dimension dieser Welt konfrontiert zu sein. Denn er versuchte nicht, wie die meisten anderen Menschen, nur einen Teil der Welt zu sehen; er hielt seinen Blick auf das Ganze gerichtet und wandte sich von nichts ab.

In seiner Gegenwart gingen mir immer wieder die Augen auf, er gab mir das Gefühl, hellwach zu sein, und deshalb wollte ich gar nicht mehr weg von ihm. Ja, seine unfassbare Tiefe war es, die mich in Bann zog und erschauern ließ.

Einige Tage später machte ich mich eines Morgens allein auf den Weg in jene Stadt.

Als ich am Nachmittag aus dem Zug stieg, wirkte der Bahnhof noch baufälliger und verlassener auf mich als beim ersten Mal. Der hell erleuchtete gigantische Supermarkt schien das Einzige in der Stadt zu sein, in dem noch Leben herrschte. Alte Leute, von den Jahren gezeichnete Hausfrauen wurden in seinen Schlund gesogen, und ich fragte mich, ob das Ungetüm seine Beute je wieder preisgeben würde.

Ich ging die einzige Straße entlang, die vom Bahnhof wegführte, bis ich schließlich die Abzweigung in Richtung See erreichte. Der Geruch nach Wasser lag bereits in der Luft. Ich kam an kleinen Bootshäusern, einem verlotterten Fischerladen, ein paar Gaststätten vorbei, die alle geschlossen waren, und gelangte schließlich zum Ufer.

Nakajimas Abwesenheit spürte ich geradezu körperlich, mir wurde noch mehr bewusst, wie wichtig er für mich geworden war, wie sehr ich ihn liebgewonnen hatte. Ich erbebte.

Das letzte Mal, als wir zu zweit hierhergekommen waren, hatte sich mir der See viel schöner präsentiert. Ein intensives Schimmern und Glänzen, das ich jetzt vermisste. Ganz sicher: Ich musste schon damals ziemlich verliebt gewesen sein.

Jetzt lag der See totenstill und entrückt da, als wäre er nicht von dieser Welt. Noch brannte die Sonne unbarmherzig auf die nackten Äste der Bäume. Nebel würde wohl erst später aufkommen.

Ich ging weiter, das rote Tor vor Augen. Meine Schritte waren unsicher, als würde ich mich in einem

Traum bewegen. Plötzlich dachte ich: Was, wenn ich nur eine Ruine antreffe, in der seit hundert Jahren kein Mensch mehr gewohnt hat? Es hätte mich nicht überrascht.

Doch als das kleine Haus in Sichtweite kam, atmete ich erleichtert auf. Und stutzte.

Denn vor der Tür stand Mino und winkte mir zu. Ich rannte ihm entgegen.

»Woher wissen Sie …«, fragte ich schnaufend.

»Chii hat gesagt, Chihiro komme heute, allein. Deshalb habe ich draußen auf Sie gewartet«, sagte Mino.

»Wie ist das nur möglich … Ich staune. Und Sie glauben ihr und gehen hinaus, um auf mich zu warten. Wie ein Hund, der brav tut, was sein Frauchen sagt.« Seine kreisrunden Augen erinnerten mich wirklich an einen Hund, und wie er da auf seinem Posten stand – es war ein derart rührender Anblick, dass ich mich nicht beherrschen konnte: Unwillkürlich strich ich mit der Hand über Minos Kopf.

»Ich bin aber kein Hund«, sagte Mino lachend. »Kommen Sie herein. Ich mache gleich einen Tee für Sie.«

Ich lachte auch und folgte ihm.

Jetzt war ich die Ungewissheit los: Die beiden existieren tatsächlich. Es ist kein Traum.

Natürlich nicht. Es war Nakajimas sonderbare Ausstrahlung gewesen, die mich an der Wirklichkeit dieses Ortes hatte zweifeln lassen.

Auch diesmal war im Haus alles aufgeräumt, nur kam es mir jetzt wohnlicher vor – so geht es mir eigentlich immer, wenn ich einen Ort zum zweiten Mal besuche. Das Haus war mir schon ein wenig vertraut, und meine Anspannung löste sich.

Ich schaute Mino zu, wie er Wasser aufsetzte und den Tee zubereitete. Nichts, was er tat, war ungewöhnlich, doch seine fließenden Bewegungen waren sorgfältig und präzise, nicht zu schnell und nicht zu langsam. Es war, als würde ich einem Meister der Teezeremonie beiwohnen.

»Es bringt nichts, meine Art der Zubereitung zu imitieren. Das Geheimnis liegt im hiesigen Wasser.« Mino lächelte.

»Vielleicht nehme ich ein wenig mit, wenn ich nach Hause gehe.«

»Ich zeige Ihnen dann, wo die Quelle ist.«

Der Tee aus Blättern, die leicht rauchig rochen, schmeckte köstlich. Es war eine sinnliche Offenbarung: Am Anfang leicht süßlich, entfaltete er tief im Gaumen sein volles, fruchtiges Aroma.

»Wunderbar«, murmelte ich vor mich hin.

»Ist das nicht komisch?«, sagte Mino. »Gewöhnlich gehe ich kaum aus dem Haus. Sachen wie Bücher, Teeblätter und so weiter kaufe ich im Internet. Der einzige Laden, zu dem ich regelmäßig gehe, ist der Supermarkt vor dem Bahnhof. Und obwohl ich absolut kein Bedürfnis habe, Menschen zu sehen, freut es mich doch, wenn jemand sagt, wie gut mein Tee schmeckt.«

»Vielleicht auch nur, weil Sie merken, dass ich guten Tee zu schätzen weiß?«, sagte ich.

»Kann sein«, sagte Mino.

Aber ich verstand schon, was er wirklich meinte.

Wäre ich nicht Nakajimas Freundin gewesen, sondern nur eine Touristin, der er auf der Straße begegnet wäre, oder sonst eine Unbekannte, die zufälligerweise an die Tür dieses verwilderten Hauses geklopft hätte, dann hätte er sich mir gegenüber sicherlich nicht so offen gezeigt, und wir hätten nie so vertraulich miteinander reden können.

In dieser Hinsicht waren sich Mino und Nakajima ähnlich. Ihre entwaffnende Offenheit war das Gegenteil von dem, was sonst üblich war: eine nette, unverbindliche Maske aufsetzen, um das Gegenüber zu schonen und ihm ja nicht zu nahe zu treten. Diese oberflächliche Art im menschlichen Umgang war den beiden völlig fremd.

Vielleicht war es für sie selbst nicht einfach; vielleicht machte es sie sogar traurig, dass sie nicht fähig waren, das übliche Spiel zu spielen, doch ich fühlte mich bei ihnen wie befreit. Weil es völlig okay und normal ist, was sie tun.

Beziehungen nehmen in dem Moment ihren Lauf, wo ich weiß, wie ich jemanden kennengelernt habe und was für ein Mensch es ist. Das kann sehr schnell gehen. Bei Mino und Nakajima funktionierte das anders.

Kinder, zum Beispiel, sind offen und direkt, aber zugleich auch sehr vorsichtig. Als ich mit der Arbeit am Mauerbild begann, kam kein einziges der Kinder, um Fragen zu stellen oder mir aus der Nähe zuzuschauen. Bis sie ihre Zurückhaltung verloren, mit mir schwatzten und herumblödelten, verging mehr als eine Woche.

Natürlich hatte ich mehr Lebenserfahrung als sie. Am liebsten hätte ich ihnen gesagt: »Wenn wir am Ende sowieso gute Freunde werden und ich dann aber nicht mehr da bin – warum kommt ihr nicht gleich her? Worauf wartet ihr?!«

Aber nur weil die Zeit drängt, heißt das noch lange nicht, dass man die Distanz zwischen Menschen schnell und einfach überspringen kann. Die Kinder sahen das schon richtig.

Bei Mino musste ich mir keine Sorgen machen, weil er wie die Kinder ein unverbogener, aufrichtiger Mensch war, zu dem man leicht Vertrauen fassen konnte. Wir würden uns finden, das spürte ich tief in meinem Herzen.

Menschen reagieren nicht nur auf Worte; auch die körperliche Distanz muss überwunden werden. Sich in die Augen schauen, Gerüche wahrnehmen, zusammen Tee trinken – solcherlei Momente gegenseitigen Vergewisserns sind unersetzlich. Und dann gibt es auch noch das Gespür für den richtigen Moment, in dem alles stimmt und es zu einer Art von seelischem Einklang kommt. Ein oder zwei Wochen können dabei entscheidend sein. Hätte Nakajima jemals voreilig versucht, Nähe zu erzwingen, hätte er mich damit wahrscheinlich vor den Kopf gestoßen. Und wahrscheinlich wäre ich dann auch beim Anblick seines Mochi-Gitters ungerührt geblieben.

»In den Zug steigen, hierherfahren, um den See spazieren und dann einen feinen Tee trinken – daran könnte ich mich direkt gewöhnen«, sagte ich frei heraus. »Mino, wenn ich mit Nakajima zusammen ab und zu hierherkomme, wäre das okay? Ich meine, nicht um mir etwas weissagen zu lassen …«

»Aber ja«, antwortete er mit ruhiger Stimme. »Vielleicht kommt dann unsere Zeit, die jetzt stillsteht, wieder in Schwung.«

Das, dachte ich sofort, war auch Nakajimas Zeit.

»Du bist ein ziemlicher Held, nicht wahr?«, sagte Mino mit Chiis Stimme. Minos Augen waren geschlossen.

Auch Chiis Augen waren geschlossen. Sie schlief. Man konnte sie leise atmen hören. Ihre Brust unter der Decke hob und senkte sich leicht.

»Wenn schon, dann wohl eher eine Heldin?«, entgegnete ich brüsk, denn diesmal war ich auf Chiis Sarkasmus gefasst und würde nicht erschrecken.

Ich konnte inzwischen gut verstehen, warum Nakajima sie unbedingt sehen wollte. Sie waren wirklich nette, interessante Menschen, und sie hatten es geschafft, etwas Kleines, aber Beständiges aufzubauen, sich im Leben einzurichten, obwohl ihre Existenz extrem erschüttert worden sein musste. Sie bewahrten sich Bescheidenheit und Anmut – wertvolle Tugenden, die die Menschen in der Stadt längst vergessen hatten.

»Nein, die Heldin ist Nobu. Denn du bist es, die ihn wecken und aus dem Kerker locken konnte, in den er sich selbst eingeschlossen hatte«, sagte Chii.

So ungefähr verstand ich, was sie meinte.

»Geh mit ihm nach Paris. Es könnte sein, dass ihr dort länger bleibt als gedacht, aber tu es«, sagte Chii und fuhr fort: »Noch scheinst du zögerlich, aber er hat dich schon gefangen, und du hast ihn auch gefangen. Es ist zu spät, ihr könnt beide nicht mehr ohne einander sein. Wenn du es als Bild siehst, wirst du verstehen. Komm, gib mir deine Hand.«

Da bemerkte ich, dass Chii die Augen geöffnet hatte. Ihre Farbe war so intensiv, dass ich erschauerte. Ich wollte Chii nicht berühren. Es muss mein Instinkt sein, der mich vor etwas Übermächtigem warnt, dachte ich, aber wenn ich schon so weit hergereist bin, warum nicht? Ich nahm meinen ganzen Mut zusammen und ergriff kurz entschlossen ihre schmale Hand. Sie fühlte sich zart und geschmeidig an. Die Hand einer schlafenden Prinzessin, die vom alltäglichen Leben unberührt geblieben war.

»Schließ die Augen. Atme im gleichen Rhythmus wie ich. Es fühlt sich vielleicht an wie Hypnose oder so ähnlich, aber es ist nicht Hypnose. Ich möchte nur ein Bild mit dir teilen. Sei beruhigt.«

Ich folgte Chiis Anweisungen. Auf der schwarzen Fläche vor meinem inneren Auge tat sich nichts. Doch nach einer geraumen Weile geschah etwas: In meinem Kopf erschien plötzlich ein Bild, von einer Sekunde auf die andere.

Es schneit … Schneeflocken wie Staubfussel oder Vogelfedern, die sanft im dunklen Himmel schweben.

Ich blicke vom Himmel herab auf das Schneien. Ich weiß es, weil die Schneeflocken nach unten sinken, von mir weg. Dann bin ich plötzlich auf einem

Baum und sehe die Straße unter mir, eine gewöhnliche, asphaltierte Straße. Bald bemerke ich, dass mein Baum nur einer ist in einer ganzen Reihe von Bäumen, die die Straße säumen. Sobald die Schneeflocken den Asphalt berühren, schmelzen sie. Nur auf den Dächern der geparkten Autos bleibt ein Hauch von Schnee liegen.

In einiger Entfernung sehe ich Nakajima, wie er mit einer vollgepackten Tasche über der Schulter auf mich zukommt. Es müssen Bücher sein; ihre kantige Form zeichnet sich deutlich an der Außenseite der Tasche ab.

Oh, Nakajima … Ich liebe ihn so!, denke ich unwillkürlich. Er geht etwas gebeugt unter der Last, und seine langen Zehen stecken da in den Schuhen – all das liebe ich, ist das nicht seltsam?

Als Nakajima näher kommt, fällt mir auf, wie mager er ist. Sein Gesicht ist bleich, sein Gang unsicher. Wahrscheinlich, sage ich mir, hat er sich wieder in seine Bücher vertieft, ohne zwischendurch etwas zu essen. Wie um sich von etwas zu befreien, das ihn nicht loslassen will. Auf einmal bleibt er stehen und schaut hoch.

Ich glaube nicht, dass er mich erkennen kann. Ich bin ja durchsichtig.

Wie erschöpft lässt sich Nakajima nieder und lehnt den Rücken an den Baum. Niemand sonst ist zu sehen, nichts bewegt sich, nur der Schnee, der zart und leise um ihn tanzt. Nakajima schaut zu, wie es schneit. Seine Augen leuchten, sein Gesicht strahlt wie beim Anblick von etwas Wunderschönem.

Dann öffnet er seine Tasche und zieht aus dem Bücherpacken langsam und umständlich etwas hervor. Es ist das Mochi-Gitter. Nakajima klemmt es wie ein Fieberthermometer unter die Achsel und schließt die Augen.

Da schreit es aus mir heraus: »Nein! Hier darfst du nicht schlafen! Du wirst erfrieren!«

Mein eigenes Schreien riss mich aus dem Traum.

Chii hielt noch immer meine Hand, den Oberkörper ein wenig aufgerichtet, die Augen geöffnet. Sie schaute mich an.

Mino sagte wieder mit Chiis Stimme: »Das war ein Bild aus Nobus Vergangenheit und Zukunft. Was ihm einst widerfahren ist und was ihm einmal widerfahren könnte.«

»Das kann ich nicht zulassen!«, sagte ich, mit den Tränen kämpfend. Mein Herz klopfte wild, wie damals, als ich im Traum meiner Mama begegnet war.

»Damit wir uns nicht falsch verstehen: Was du gesehen hast, ist keine reale Begebenheit, sondern nur ein Sinnbild. Aber natürlich könnte es irgendwann Realität werden«, sagte Mino ohne jede Gefühlsregung und gab damit nur Chiis Worte weiter.

Dennoch bemerkte ich es – einen Schatten von Trauer, der sich im schimmernden Glanz seiner Augen versteckte.

»Ich verstehe«, sagte ich, »ich verstehe sehr gut.«

Erschöpft ließ sich Chii ins Bett zurückfallen und schloss die Augen.

»In Paris werdet ihr bestimmt viel Schönes erleben. Vielleicht ist das Leben dort sogar einfacher und angenehmer als hier«, sagte Mino wieder mit seiner eigenen Stimme – Zeichen dafür, dass die Sitzung beendet war.

»Wie viel kostet das?«, fragte ich.

»10 000 Yen«, antwortete Mino.

»Das ist aber wenig…«, sagte ich überrascht. Ich hatte einen viel höheren Betrag erwartet.

»Wir verlangen nie mehr, egal, von wem«, sagte Mino.

Ich wandte mich wieder Chii zu, um mich bei ihr zu bedanken, doch ihre Augen blieben geschlossen. Da fiel mein Blick auf ein Foto über ihr an der Wand. Ich hatte es bis jetzt nicht bemerkt.

Auf dem Foto war Chiis und Minos Mutter abgebildet. Sie musste es sein, denn wie die beiden war auch sie von kleiner, etwas unförmiger Statur. Aus dem schlichten Naturholzrahmen schaute sie dem Betrachter direkt in die Augen.

Diese Person kenne ich doch!, dachte ich wie vom Blitz getroffen. Ich hatte sie im Fernsehen gesehen.

Und auf einmal wurde mir alles klar.

»Du meine Güte, Mino, wie konnte ich nur so blind sein!«

Mino schien zu verstehen, was ich sagen wollte, und nickte nur.

Im Moment wollte ich nicht mehr Worte darüber verlieren.

»Gut, dann gehe ich jetzt.« Ich erhob mich. Als ich Chiis Hand zum Abschied noch einmal fest drückte, erwiderte sie den Händedruck.

Beim Verlassen des Zimmers vernahm ich plötzlich ein feines, hohes Vogelstimmchen. Es rief: »Viel Glück!«

Ich blickte mich um, doch Chii schlief.

»Chiis Stimme … Ich habe sie lange nicht mehr gehört«, sagte Mino. »Wenn sie selber reden kann, warum braucht sie dann meine Hilfe?«

»Wahrscheinlich denkt sie, ihr Bruder müsse auch etwas zu tun haben«, sagte ich. »Außerdem ist Sprechen ziemlich anstrengend.«

»Dann hat mein Dasein wenigstens noch einen Sinn.« Mino lachte.

»Aber bitte, was sagen Sie da. Sie sind für uns alle wichtig!« Das fühlte ich wirklich.

Mino schwieg.

Er schwieg genauso, wie Nakajima immer schwieg. Es gab mir einen Stich ins Herz. Verstummen, Schweigen war das Merkmal von Menschen, die von sich selbst dachten, die Welt würde auch ohne sie auskommen.

Ich trank noch eine Tasse Schwarztee und trat dann vor die Tür. Mino brachte eine leere Plastikflasche und sagte: »Für das Quellwasser. Das können Sie Nakajima mitbringen.«

Die Oberfläche des Sees war leicht gekräuselt. Ein frischer Wind wehte. Ein wenig trostlos schaukelten die Boote, in denen niemand saß, im Rhythmus der Wellen vor sich hin.

Ich fühlte mich benommen, als wäre die Welt um mich herum nicht real.

Auch die Äste der Bäume, die sich weit ausladend über das Ufer hinausreckten, schwankten im Wind. Es waren Kirschbäume, viele, viele Kirschbäume. Ich stellte mir den See in der Blütezeit vor – wie Wolken aus zartestem Rosa ihn sanft umarmten.

»Wenn die Kirschbäume blühen, muss es hier wahnsinnig schön sein«, sagte ich.

»Es ist für uns *das* Ereignis des Jahres!« Mino

schlug mir nicht ausdrücklich vor, zur Blütezeit wiederzukommen; doch ich zweifelte nicht daran, dass er es so meinte.

Wir stiegen die alte Steintreppe zum Schrein hinauf, wo sich die Quelle befand.

Als ich mich oben umwandte und auf den See sah, war ich überrascht, wie winzig er aus der Distanz wirkte, eingebettet in sprießendes Grün. Auch die in Reih und Glied vertäuten Boote sahen aus wie Spielzeugschiffchen.

Das Quellwasser war kalt. Als ich es mit der Hand schöpfte und trank, schmeckte es ein wenig salzig.

Niemand war in der gutgepflegten Schreinanlage zu sehen; nur die Vögel zwitscherten aus voller Kehle.

Hier haben sicher auch Nakajima und seine Mutter jeden Tag ihr Wasser geholt, dachte ich. Ich stellte mir vor, wie sie in dieser Abgeschiedenheit lebten und sich gegenseitig Halt gaben.

Sie hatten beide so viel Schmerz und Leid erfahren, dass sie nicht mehr wussten, wo ihnen der Kopf stand. Aber das Bedürfnis, einander zu helfen, war Ausdruck tiefer Liebe. Das konnte niemand bestreiten.

»Ihnen, Chihiro, erscheint dieser See vielleicht wie eine Art Traumlandschaft, fast überirdisch schön …

Das ist so, weil Sie den See das erste Mal mit Nobus Augen gesehen haben.

Wir erleben unterschiedliche Tage hier, und der See hat viele Gesichter. Die Natur ist eine Verwandlungskünstlerin. Es gibt Tage, die sind so sonnig, dass es in den Augen weh tut. Die Menschen sind fröhlich und ausgelassen und vergnügen sich mit den Booten. Dann gibt es wiederum Tage, an denen ich nur zuschaue, wie die Schneeflocken im Wasser verschwinden. Und manchmal ist das Wetter richtig verhangen; dann sehen die Bäume in unserem Garten grau und dreckig und die Fahrräder wie ein Haufen Schrott aus. Trostlos.

Die Wahrheit ist: Die Zeit steht für uns nicht still. Gewiss, sie vergeht langsam, aber alles ist stets in Bewegung. Ich gehe zu dem großen Supermarkt vor dem Bahnhof, laufe zwischen den Regalen herum, kaufe Curry mit den Anime-Figuren auf der Packung, wie Kinder sie mögen, sammle Coupons mit Punkten. Ich kaufe sogar Dinge wie Eimer, Klobürsten und dergleichen. All das bugsiere ich dann auf meinem Rad nach Hause. Sehen Sie dort …«, Mino zeigte auf ein Haus nicht allzu weit entfernt. »Der Besitzer ist im selben Nachbarschaftsverein wie ich. Wenn wir uns im Supermarkt treffen, fährt er mich mit dem Auto nach Hause. Und da seine Verwandten in Shizuoka wohnen, bekommen wir im Winter viele Orangen und Mandarinen von dort. Aber mehr Kontakt haben wir eigentlich nicht.

Der Priester dieses Schreins ist ein Verwandter von Nobu. Hin und wieder haben wir bei bestimmten Anlässen miteinander zu tun. Er ist nett, doch zusammen essen oder sonst wohin gehen, das tun wir nie. Chii und ich finden nur sehr selten Freunde. Weil wir irgendwie anders sind, anders riechen, haben viele Leute Angst vor uns. Und wir haben Angst vor ihnen. Doch wir leben hier unser Leben. Ein wenig verrückt vielleicht, aber trotzdem. Nehmen es, wie es kommt, einen Tag um den anderen.«

»Ich verstehe«, sagte ich. »Und auch Nakajima wird eines Tages sicher verstehen, dass ihr nicht nur ein Teil seiner Vergangenheit seid. Er wollte euch unbedingt wiedersehen – auch wenn es eine Qual war für ihn, auch wenn allein der Gedanke, euch zu besuchen, ihn krankmachte. Doch er hat einen Weg gefunden, es irgendwie geschafft, oder? Wenn er das Bedürfnis verspürt, euch zu sehen, so hat er nun die Gewissheit, dass es geht. Er wird wiederkommen, ganz bestimmt. Einmal gut, immer gut.«

Mino nickte schweigend. Dann sagte er: »Vorhin, als Sie mir die Fotos gezeigt haben, fand ich nicht die richtigen Worte, aber ich wollte sagen, wie sehr ich Ihnen dankbar bin, dass Sie unser Dasein auf Ihrem Bild festgehalten haben. Obwohl wir wahrscheinlich den Eindruck erwecken, Geister zu sein, Wesen nicht von dieser Welt, so haben Sie dennoch gemerkt, dass wir beide tatsächlich leben. Dafür danke ich Ihnen von Herzen.«

Ich habe Minos und Chiis Mutter, die ihren Kindern so glich, vor ewig langer Zeit im Fernsehen gesehen.

Sie war bekannt geworden als Beispiel für eine böse Mutter, weil sie einer sektiererischen Gruppe beitrat und auch noch ihre kleinen Kinder mitnahm.

Wenn ich mich richtig erinnere, kannten Mino und Chii ihren Vater nicht. Sie waren uneheliche Kinder. Es gab mehrere Skandale damals, doch jedes Mal, wenn ein Symbol für das Böse gefunden werden musste, war es Minos und Chiis Mutter, während Nakajimas Mutter das Gute repräsentierte.

Ich glaube nicht, dass man die Dinge so einfach sehen kann, aber die Medien tendieren nun einmal zur Schwarzweißmalerei.

Ich war damals ein Kind und ging noch zur Grundschule.

Wenn Nakajima mir nicht das Mochi-Gitter, sondern ein Foto seiner Mutter gezeigt hätte, hätte ich sie bestimmt sofort wiedererkannt. Das wusste auch er, und deshalb hat er es mir nicht gezeigt.

Nakajimas Mutter hatte immer gefleht: »Bitte gebt mir meinen Sohn zurück. Er ist noch am Leben, ich weiß es! Ich weiß es, weil ich seine Mutter bin.«

Sie ergriff damals jede Gelegenheit, um in Radio und Fernsehen, in Zeitungen und Zeitschriften, auf Versammlungen oder wo auch immer das Drama anzusprechen: die Entführung ihres Sohnes.

Nakajima war ein sehr intelligentes Kind gewesen – intelligenter und auch ein wenig anders als die meisten Kinder, deshalb ging er auf eine spezielle Schule. Diese Schule organisierte ein Sommerlager in Izu, Nakajima ging natürlich auch mit, aber eines Abends kam er plötzlich nicht mehr von einem Ausflug zurück und blieb spurlos verschwunden. Bis dahin, erklärte die Mutter in ihrer Verzweiflung unermüdlich, seien sie eine glückliche Familie gewesen, nie sei etwas Besonderes oder Ungewöhnliches vorgefallen.

Dann, nicht lange nach diesem Vorfall, kam eine gewisse Sekte ins Gespräch. Es war keine wirklich religiöse Sekte, aber es ging auch bei dieser Gruppe von Gleichgesinnten darum, ein Leben nach strengen Regeln und Prinzipien zu führen. Das hehre Ziel war nichts Geringeres als ein neues Menschentum. Natürlich gab es einen spirituellen Guru, die Leute scharten sich um ihn, fasziniert von seiner Vision, und so bildete er mit seinen Anhängern in einer bergigen Gegend eine Kommune, die weitgehend autark lebte.

Über diese Kommune wurde damals überall berichtet, so dass auch ich, die kaum je Nachrichten sah, sie zumindest dem Namen nach kannte. Irgendwann wurde klar, dass diese Sekte für Nakajimas Entführung verantwortlich war. Ob sie sich danach aufgelöst hat oder unter einem anderen Namen im Verborgenen weiterexistiert, weiß ich nicht. Beides ist möglich.

Geschichten dieser Art gibt es viele in der Welt. In Mamas Bar haben die Gäste eine Menge davon erzählt. Auch ganz und gar verrückte Geschichten, die man kaum zu glauben wagte – wie zum Beispiel Kidnapping.

Natürlich bin ich unter besonderen Umständen aufgewachsen; habe, noch bevor ich zehn wurde, in Mamas Bar als eine Art Hostess zu arbeiten begonnen, also schon als Kind ein ungewöhnliches Leben geführt. Mama und Papa hielten jedoch ihre schützende Hand über mich, so dass mir die Gäste nie zu nahe kamen. Wäre ich selbst auf Abenteuer aus gewesen, hätte eine Umgebung wie Mamas Bar mir tausend Möglichkeiten dazu geboten. Mögen solche Etablissements noch so vornehm oder diskret erscheinen – im Grunde geht es nur darum, dass die

Gäste ihren angestauten Frust loswerden, ihre Sorgen und Probleme für eine Weile vergessen können. Ich muss zugeben, dass mich diese Welt schon auch geprägt hat und die Faszination für das Dunkle, Abgründige tief in mir drinsteckt. Der purpurfarbene Geruch der Nacht, ihre verführerische Süße – sie haften unauslöschlich an meinem Körper, sind tief in meine Poren eingedrungen. Mamas Gäste waren nicht von der schlimmsten Art, da gab es noch ganz anderes, aber auch so wusste ich nur allzu gut, wie vulgär und primitiv Menschen sein konnten und wie diese Menschen wahrscheinlich tagsüber waren. Die Gäste benahmen sich nicht etwa wegen des Alkohols daneben; sie benahmen sich so, weil es ihrem Wesen entsprach.

Ich erinnere mich, wie die Gäste in Mamas Bar über die Entführung geredet haben, und auch an einzelne Berichte im Fernsehen. Allerdings vermischte sich diese Geschichte in meinem Kopf mit anderen Skandalen, so dass ich von keinen Geschehnissen weiß, die sich wirklich nur auf Nakajima beziehen.

Nakajimas Mutter gab nicht auf. Sie trat in allen möglichen Fernsehsendungen auf, gab Interviews, beauftragte Detektive und Parapsychologen … Es verging kein Tag, ohne dass man sie nicht irgendwo sah oder hörte. Sie wollte nicht zulassen, dass ihr Sohn aus der Wahrnehmung der Öffentlichkeit verschwand, und nutzte jede Gelegenheit, um ihn vor dem Vergessen zu bewahren.

Es war weniger der Vorfall an sich, sondern vielmehr die Mutter, die den stärksten Eindruck bei mir hinterlassen hatte. Stets sprach sie mit ruhiger Stimme, war voller Hoffnung und Zuversicht und weinte kaum je, wenn sie sich in der Öffentlichkeit zeigte.

Bis diese Mutter nicht ihr Kind wiederhatte, würde sie kein Essen genießen, keine Landschaft schön finden oder ohne Alpträume schlafen können – davon war ich überzeugt. Unentwegt hatte sie ihren Sohn vor Augen, ganz weit weg, und versuchte irgendwie mit ihm in Kontakt zu bleiben.

Ihre Ausdauer und Geduld waren phänomenal. Es war, als bemerkte sie das noch so flüchtige Glänzen eines feinen Spinnenfadens; als wäre sie mit allen ihren Sinnen darauf konzentriert, den Faden nicht aus den Augen zu verlieren. Die Kraft, die sie antrieb und nie verließ, war die Kraft der Liebe. Und des Willens. Es stand in ihrem Gesicht geschrieben: Wenn ich anfange daran zu zweifeln, dass mein Sohn überhaupt noch lebt, dann ist er schon gestorben. Deshalb gebe ich die Hoffnung nicht auf, nie und nimmer. So ein Gesicht machte sie. Es hätte das Gesicht aller Mütter der Erde sein können; das Gesicht einer Bodhisattva*.

Dann endlich wurde Nakajima gefunden. All das, was seine Mutter bis zur Erschöpfung für ihn getan hatte – Flyer und Fotos in ganz Japan verteilen lassen, zahllose Fernsehauftritte und Interviews –, war nicht umsonst gewesen.

Der Junge war plötzlich in einem Dorf in der Bergregion aufgetaucht, wo sich die Kommune versteckt hielt. Dort erinnerte man sich glücklicherweise an Nakajimas Mutter aus dem Fernsehen und benachrichtigte die Polizei.

Es war ein Riesenwirbel, landauf, landab wurde über das Ereignis berichtet. Die Frage ist nur: Warum habe ich mich nicht gleich an all das erinnert? Vielleicht, weil es für mich unvorstellbar war, dass diese Geschichte etwas mit mir zu tun haben könnte?

Schrecklich, was der Junge und seine Mutter durchgemacht haben. Was, wenn es mich getroffen hätte? Dieser Gedanke war mir früher sicher durch den Kopf geschossen – um ihn im nächsten Augenblick gleich wieder zu vergessen. Schließlich hatte ich eine Mama und einen Papa, und das ganze Leben lag noch vor mir. Jetzt erstaunt es mich selbst,

* Irdische Bodhisattvas gelten im Mahayana-Buddhismus als gütige, mitfühlende Wesen, die sich für das Wohl von Menschen und Tieren einsetzen. (A. d. Ü.)

wie unbeteiligt, ja kühl ich damals damit umgegangen bin, und wie naiv.

So kehren die Dinge wieder zurück in der Welt, alles ist mit allem verbunden. Das wusste ich damals allerdings noch nicht. Aber wahrscheinlich werde ich die Gefühle der Betroffenen überhaupt nie wirklich verstehen können, egal, wie lange ich lebe. Paradoxerweise macht gerade unsere Stumpfheit, unser Unvermögen, ihr Grauen nachempfinden zu können, das Leben für sie erträglicher.

Auch Menschen wie ich haben ihre Existenzberechtigung in dieser Welt. Und selbst wenn wir uns fragen, ob es gut ist, dass es uns gibt, oder nicht, ist da ein riesiges Rad, das sich dreht und dreht, und wir drehen uns mit, als untrennbarer Teil davon. In gewissem Sinne bin ich daran gebunden, wie ein Sklave. Wir haben zwar die Freiheit zu denken, was wir wollen, aber am Ende ist schon alles entschieden.

Nakajima mit seinem untrüglichen Gespür wusste es natürlich sofort, als er mich am Abend sah. Mein aufgewühltes Herz blieb ihm keine Minute verborgen, denn kaum hatte ich die Wohnung betreten, die Schuhe ausgezogen und zu ihm geschaut, rutschte ihm heraus: »Oh!«

Doch er tat, als hätte er nichts bemerkt, und putzte weiter.

Nakajima war sehr empfindlich, was Sauberkeit betraf. Er putzte unsere Wohnung so oft, dass ich fast ein schlechtes Gewissen bekam. Wenn ich nach Hause kam, war stets alles picobello aufgeräumt. Sogar die Rücken der Bücher im Regal waren gleich ausgerichtet. Ich hatte mit ihm das große Los gezogen. Und wenn er einmal anfing mit dem Putzen, hörte er so schnell nicht wieder auf. Auch jetzt putzte er einfach weiter.

Aber mein Gefühl sagte mir: Du kannst mit Nakajima nicht so weitermachen wie bisher. Etwas hat sich verändert!

Solange mir alles noch ein Rätsel gewesen war, wie mysteriös auch immer, konnte ich mich damit arrangieren. Doch jetzt, wo sich das Rätsel zu lüften begann, malte ich mir dieses und jenes aus. In meinem Kopf arbeitete es wie verrückt.

Es ist ein großer Unterschied, ob jemand sagt: »Mir ist früher einmal etwas Schlimmes widerfahren«, oder: »Es gab mal eine Zeit, da bin ich entführt und einer Gehirnwäsche unterzogen worden.«

Alles fügte sich wie von selbst zusammen: Seine Scheu vor körperlichen Berührungen; die Angst, seine früheren Leidensgenossen wiederzusehen; die fast krankhaft erscheinende Sorge der Mutter um ihren Sohn; die Fähigkeit, Körper und Geist radikal voneinander zu trennen, wenn Nakajima sich in seine

Studien versenkte; die geradezu abgöttische Liebe zu seiner Mutter – es fiel mir wie Schuppen von den Augen, und der süße Reiz des Rätsels erlosch schlagartig. Was zurückblieb, war das Gefühl von etwas Dunklem, Feuchtem, Schwerem.

Wer weiß, dachte ich, ob ich eines Tages noch konkreter erfahre, wie er dort gelebt hat und warum Sex für ihn so schlimm ist … Vielleicht wird es für uns beide zu viel sein?

»Du hast eben ›Oh!‹ gesagt … Was meintest du damit?«, sagte ich endlich, nachdem meine Gedanken wieder ins Hier und Jetzt zurückgekehrt waren.

Zu meiner Überraschung hielt er mit dem Putzen inne und schaute mich an.

Es war Nakajima, wie ich ihn kannte und liebte – anrührend und cool zugleich: das Nackenhaar, das sich widerspenstig kräuselte; der leichte Buckel; die Art, wie er sich lautlos in der Wohnung bewegte; die trockene Haut seiner Hände … unverwechselbar Nakajima.

Das beruhigte mich. Hier hatten wir unsere eigene, von der Vergangenheit losgelöste Welt, unsere eigene Geschichte. Sie war zwar noch kurz, und eine Kleinigkeit konnte sie zunichtemachen, doch sie war Wirklichkeit.

»Du hast wohl etwas erfahren«, sagte Nakajima geradeheraus. »Ich meine, was früher gewesen ist.«

»Woher weißt du das?«, fragte ich.

»Ach, das war bei den anderen auch so – ich sehe es an den Augen. Und außerdem hab ich immer wie auf Nadeln gesessen, Chihiro, weil ich mich gefragt habe, wann du der Sache auf die Spur kommen würdest. Natürlich wünschte ich es mir auch irgendwie«, sagte er. »Und jetzt? Hast du genug? Willst du Schluss machen?«

Ich nahm Nakajimas Hand und presste sie fest an mein Herz. So fest, dass ich fürchtete, seine Finger könnten brechen.

»So etwas sagt man nicht«, erwiderte ich.

Ein Satz, den eine Mutter zu ihrem Sohn sagen würde.

Schuldbewusst wie ein Kind murmelte Nakajima: »Tut mir leid.«

Darauf machte sich Nakajima wieder ans Putzen, und ich bereitete das Abendessen zu. Schweigend arbeiteten wir, als würden wir am nächsten Tag umziehen. Als würden wir ein neues Leben beginnen. Oder als hätten wir schon seit zig Jahren nichts anderes getan. Wir entschieden uns, die Vergangenheit vorerst auf sich beruhen zu lassen und noch einmal von vorne anzufangen – wie Adam und Eva.

Aber auch dieser Entschluss stand nicht unerschütterlich fest, ganz im Gegenteil. Denn Nakajimas Vergangenheit würde immer, immer ein Teil von ihm sein. Der Boden unter seinen Füßen konnte jederzeit einbrechen und ihn in den Abgrund stürzen lassen. Dazu kommt es, wenn Menschen das Leben von Mitmenschen zerstören.

Nach dem Essen sagte Nakajima: »Ich würde gerne dein Mauerbild sehen, Chihiro. Könnten wir nicht jetzt gehen?«

»Von mir aus, aber es ist schon dunkel. Tagsüber würdest du es besser sehen …«

»Klar, bei Tag werde ich es mir auch anschauen. Aber ich dachte, ein kleiner Spaziergang wär nicht schlecht. Es ist doch fertig, oder?«

Richtig, ich hatte ihm bewusst nicht erzählt, dass das Bild jetzt fertig war. Es eilt ja nicht, hatte ich gedacht. Er kann es sich anschauen, wann immer er Lust hat.

»Gut, dann lass uns gehen! Um diese Zeit ist der Pförtner noch da. Wir sagen einfach, wir hätten etwas vergessen. Dann lässt er uns rein. Er kennt mich inzwischen gut. In der Nähe der Mauer steht übrigens eine Laterne, wirklich dunkel wird es ohnehin nicht sein. Nehmen wir aber zur Sicherheit eine Taschenlampe mit«, sagte ich.

Es roch nach Frühling in den nächtlichen Straßen; ein intensiver, fast aufdringlicher Geruch. Fahl leuchteten die Sterne am Himmel.

Als wir so vor uns hin gingen, begann Nakajima plötzlich zu reden.

»Ich war damals im Sommerlager meiner Schule, in den Bergen. Keine Ahnung, warum, aber ich verlor meine Klassenkameraden aus den Augen, irrte umher, kam irgendwann auf eine Straße und lief sie entlang. Ein Auto hielt an, die Leute darin sagten, sie würden mir helfen, deshalb stieg ich ein. Das war's. So wurde ich damals entführt. Handys waren noch nicht verbreitet. Ich konnte nichts tun.«

So fing seine Geschichte an. Dann sprudelten die Worte aus ihm heraus. Er war nicht mehr zu stoppen.

Wie ein Rohrbruch, dachte ich.

Während Nakajima sprach, hielt er die Arme fest vor der Brust verschränkt.

Und ich nickte immer nur.

»Weißt du, was es bedeutet, gekidnappt zu werden? – Du musst lernen, deine Kidnapper zu lieben. Wenn du das nicht schaffst, hast du keine Chance. Du kannst nicht überleben. Verstehst du, was ich meine?

Zunächst wurde meine Erinnerung ausgelöscht. Mit Hypnose und Drogen. Sie wollten mich glauben machen, wir wären nicht in Japan.

Ich war kein dummes Kind und wollte mich, so gut ich konnte, gegen die Hypnose zur Wehr setzen.

Ich erinnerte mich vage an eine Methode, von der ich in einem Buch gelesen hatte. Wenn du in so einer Situation steckst, versuchst du alles. Und es hat sogar einigermaßen geklappt.

Die Methode funktioniert so: Wenn du ein bestimmtes Objekt siehst, versuchst du es mit einer bestimmten Person zu verknüpfen. Das geschieht im Wesentlichen durch Autosuggestion. Ich wusste, ich war auf der Izu-Halbinsel, also musste in der Nähe das Meer sein. In Gedanken stand ich an der Küste und sah aufs Meer hinaus. Und mit diesem Anblick verband ich nun meine Mutter, prägte es mir ganz fest ein, indem ich mich quasi selbst hypnotisierte. Ansonsten ließ ich die Leute mit mir machen, was sie wollten. Es war der Horror, aber am Ende hat die Methode tatsächlich funktioniert.

Es vergingen einige Monate. Eines Nachts, es war bereits spät und sehr kalt, gingen wir zum Strand, um zu meditieren. Da erinnerte ich mich wieder vage an meine Mutter. Es brauchte aber ein paar Tage, bis mir langsam dämmerte, dass das hier Japan ist und ich offenbar entführt worden war. In der Kommune lebten auch viele Familien, Eltern mit ihren Kindern, wie es bei Mino, Chii und deren Mutter der Fall war. Das war nichts Ungewöhnliches, ich empfand es als ganz normal. Minos und Chiis Mutter schlief jedoch nicht im gleichen Zimmer wie ihre

Kinder; aus erzieherischen Gründen war das nicht erlaubt. Dafür kam ich in Minos und Chiis Zimmer. Wir schliefen nebeneinander, Hand in Hand, wie die drei Striche des Fluss-Zeichens.

Tagsüber wurden wir von diversen Lehrern unterrichtet, wir lernten, diskutierten, immer auch mit Erwachsenen zusammen.

Als ich mich wieder an meine Mutter und mein früheres Leben zu erinnern begann, war ich zuerst total verwirrt. Ich dachte, ich wäre verrückt. Doch ich ließ mir nichts anmerken und verwendete meine ganze Energie darauf, mir Schritt für Schritt ein möglichst klares Bild von meiner Situation zu machen. Verzweifelt versuchte ich, die Bruchstücke meiner Erinnerung zu dem Ganzen zusammenzufügen, das der Wahrheit vermutlich am nächsten kam. Und irgendwann fasste ich den Entschluss zu fliehen.

Ich bin in jener Zeit wirklich fast verrückt geworden. Es hat nicht viel gefehlt.

Ich kämpfte mit mir und gegen mich, versuchte mich noch an den letzten Funken menschlicher Vernunft zu klammern.

Der Mensch wählt instinktiv den einfacheren Weg. Meidet den Schmerz, wann immer möglich.

Es ist schwierig, Menschen, mit denen man Tag für Tag zusammen ist, als böse Menschen zu sehen. Man kann und will nicht schlecht über sie denken.

So kommt es, dass du irgendwann anfängst, deine Erinnerungen als Eingebungen des Bösen, als Lügen zu sehen, und das wird immer stärker und stärker… Auch wollte ich nicht weg von Mino und Chii, wollte sie nicht allein zurücklassen. Was geschieht mit ihnen, wenn ich abhaue, und die Polizei kommt? Der Gedanke quälte mich. Ich malte mir die schrecklichsten Szenarien aus. In meinem Kopf ging alles drunter und drüber.

Bin ich hier im Ausland? Nein, es muss Japan sein. Aber bin ich nicht hier geboren und aufgewachsen? Nein, stimmt nicht, ich bin doch entführt worden! Gegen diese bösen Menschen muss ich etwas tun! Aber nein, es sind gute Menschen, sie tun mir doch nichts, es gibt keinen Grund, sie anzuklagen! Wie lange bin ich jetzt hier? Schon sehr lange? Ob Mutter noch lebt?… Ich war vollkommen durcheinander. Ist diese Frau, an die ich mich erinnere, wirklich meine Mutter? Nein, ist sie nicht, sie existiert nur in meiner Phantasie, weil ich mir so sehr eine Mutter wünsche… Ich wusste nicht mehr, was richtig und falsch war, mein Kopf war unter wildem Dauerbeschuss von lauter konfusen Gedanken. Ich fühlte mich, als würde mir der Schädel in tausend Stücke zerspringen.

Da nahm ich all meinen Mut zusammen und suchte Hilfe bei Mino. Ich erzählte ihm alles.

Es war spät in der Nacht. Mino flüsterte: ›Ich glaube, es stimmt, was du sagst, Nobu. Da ich von klein auf hier mit diesen Leuten zusammenlebe, kann ich nicht darauf schwören, aber ich denke auch, dass man dich gewaltsam hierhergebracht hat. Wenn nicht, müsste deine Mutter doch auch hier sein. Das finde ich komisch. Außerdem sind wir in Japan, gar keine Frage. Es tun nur alle so, als wüssten sie es nicht.‹

Mino offenbarte mir das, obwohl er keine Ahnung hatte, was aus ihm und Chii werden würde, wenn ich plötzlich nicht mehr da war. Er hat sozusagen sein Leben riskiert – für meines. Ich werde ewig in seiner Schuld stehen. Und dennoch fällt es mir wahnsinnig schwer, wie du weißt, ihn und Chii zu besuchen.

Dass Chii immer nur im Bett liegt und schläft und dass auch ich selbst mich manchmal so extrem kaputt fühle, ist weniger die Folge seelischer Verletzungen. Es sind vielmehr die Drogen, die sie uns gaben und die unsere Leber geschädigt haben. Mino hat sich recht gut erholt, ist aber gesundheitlich nach wie vor angeschlagen.

Seine Mutter hat es nicht überlebt. Kurz nachdem die Kommune sich aufgelöst hatte, starb sie an Leberkrebs.

Das Haus, in dem Mino und Chii jetzt wohnen,

gehört zum Schrein. Es diente früher als Schuppen und auch als Empfangsraum für Besucher. So fanden meine Mutter und ich eine Zeitlang dort Unterschlupf, doch nach dem Tod von Minos und Chiis Mutter habe ich zusammen mit meiner Mutter dafür gesorgt, dass die beiden dort wohnen können – ohne Miete zu bezahlen und solange sie sich dort wohl fühlen. Denn ehrlich gesagt, bin ich mir noch heute nicht ganz sicher, ob das, was ich getan habe, für sie selbst etwas Gutes bewirkt hat. Wäre ich geflohen, ohne die Kommune zu verraten, wären die beiden wohl bis ans Ende ihrer Tage dort geblieben. Vielleicht wäre das aus ihrer Sicht gar nicht so schlecht gewesen? Jedenfalls wollte ich für sie etwas Nützliches tun, ihnen helfen, ihr Leben neu einzurichten, so wie sie es sich wünschten. Ich wollte sie auch vor der Gesellschaft und ihren Zumutungen schützen. Meine Mutter sah das genauso.«

Nakajima hielt seine Arme noch immer vor der Brust verschränkt. Die Straße, auf der wir gingen, kannte ich gut, und dennoch hatte ich das Gefühl, als wäre sie wie losgelöst von der Erde und eigenartig verzerrt.

Aber ich ging weiter und hörte einfach nur zu.

»Die Mitglieder der Kommune hatten dort nicht schon immer gelebt, sondern waren in ganz Japan umhergezogen, auf der Suche nach einem Ort, wo sie sich niederlassen wollten. Leute kamen und gingen. Plötzlich tauchten neue Gesichter auf, und bekannte verschwanden von einem Tag auf den anderen. Daran war ich gewöhnt. Aus diesem Grund war es auch nicht so schwierig zu fliehen.

Was mir am meisten Angst machte, war der Gedanke, dass ich auf der Flucht endlos umherirren würde; dass ich, wenn ich doch irgendwann auf Menschen stoße, deren Sprache nicht verstehen und also tatsächlich im Ausland sein würde. Das heißt, meine Erinnerungen wären nur eine Fata Morgana gewesen. Davor hatte ich wahnsinnig Angst. Ich besaß ja keinen Reisepass und hätte nicht nach Hause zurückkehren können. Ein Zuhause, an das ich trotz allem immer noch glaubte. Ich hätte dann zu jenen Leuten zurückkehren und mit ihnen weiterleben müssen. Jeder Hoffnung beraubt. Was, wenn *das* die Wahrheit war? Schrecklich. Der Gedanke ließ mir keine Ruhe.

Wenn es wirklich so ist, dachte ich, dann will ich lieber sterben. Wenn dieser kleine Traum, den ich mir bewahrt hatte, sich in nichts auflöste und ich nichts mehr hatte, woran ich mich klammern konnte, meine ich. Es ging nicht nur um meine Mutter. Es ging auch um mein ganzes bisheriges Leben, um die Freiheit, die ich genossen hatte, beschützt von der

Liebe und Zuversicht meiner Eltern. Mir als Kind bedeutete das alles. Und das sollte womöglich nichts als Lug und Trug sein?

Mir schwindelte. Wurde schwarz vor den Augen. Ich wollte auf der Stelle sterben.

Doch Mino war bei mir. Was Mino gesagt hatte, prägte sich tief und fest in meinem Herzen ein.

Ich wusste, ich konnte mich auf ihn verlassen. Ich erfuhr durch ihn nicht nur, dass wir in Japan waren; er meinte, wir seien in der Gegend von Shimoda, alle wüssten es. So begann ich wieder Hoffnung zu schöpfen.

Erst durch Informationen, die er von seiner seltsamen Schwester bekam, war Mino misstrauisch geworden und hatte begonnen, gewisse Dinge zu hinterfragen. Insgeheim sorgte er sich, dass Leute von der Kommune Chiis besondere Gabe bemerkten, ihre Mutter dadurch immer mächtiger würde und die Wahrscheinlichkeit, dass sie die Kommune vielleicht irgendwann verlassen könnten, immer geringer. So versuchte er zu verhindern, dass Erwachsene mitbekamen, was seine Schwester da sagte, aber es war offenbar schwierig. Letztlich blieb mir keine andere Wahl, als die beiden zu retten. Ich zweifle allerdings, ob sie mit dem Wort ›retten‹ einverstanden wären. Denn ihre Eltern – ich vermute, auch der Vater – waren von Beginn an Mitglieder der Kommune, es war ihr einziges und ganzes Leben. Ich bin sicher, für sie muss alles noch viel schlimmer sein.

Mit seinem selbstlosen Verhalten hat er seine eigene Sicherheit aufs Spiel gesetzt, wenn nicht gar zerstört. Auch die seiner Schwester. Selbst wenn es eine trügerische Sicherheit war – zu jenem Zeitpunkt war es schlicht und einfach ihr alltägliches Leben. Danach änderte sich alles auf einen Schlag. Doch irgendwie muss er das auch gewollt haben, weniger für sich selbst als für mich und Chii, und dieser Akt der Liebe ist es, mehr als alles andere, was ihm noch heute sein unverwechselbares Lächeln ins Gesicht zaubert.

Ich lief durch den Wald und dachte nur an Minos Worte. Und an meine Mutter.

Viele Leute denken, es sei ein befreiendes Gefühl oder wie das Erwachen aus tiefem Schlaf, wenn man von einer Gehirnwäsche befreit ist oder der Einfluss nachlässt. Das stimmt aber nicht. Man fühlt sich elend, kraftlos, matt, die Sinne wie vernebelt. Ich konnte mir nicht vorstellen, dass da irgendwo noch etwas Gutes oder Schönes wäre. Dieser Zustand dauerte ziemlich lange an. Ich kämpfte mich auf dunklen Waldwegen durch die Berge, verzweifelt und erschöpft. Ich musste *alles* geben, um nicht irre zu werden. Ich musste tapfer sein und stark.

Irgendwann sah ich dann plötzlich Lichter. Ich

war wie elektrisiert, in meinem Kopf hämmerte es wild, alle furchtbaren Geschichten, die ich je gehört hatte, kamen mir wieder in den Sinn und versetzten mich in Panik. Aber ich schleppte mich weiter, torkelte auf die Lichter zu. Da war so etwas wie ein Gehege, von einem Zaun umgeben. Mir schien, als hätte etwas Schönes die Augen auf mich gerichtet. Ich stolperte dorthin, und als ich mich etwas umschaute, sah ich einen Stall, und darin standen Pferde; fünf Pferde in einer Reihe, die zu mir herüberäugten.

Die Pferde wirkten in keiner Weise verschreckt oder nervös, sie schauten mich einfach nur ruhig an. Ihre schwarzen Augen und ihr glänzendes Fell gaben mir Vertrauen, beruhigten meine aufgewühlte Seele. Ich streckte eine Hand aus und berührte eines der Pferde. Ich hatte keine Angst, es würde mich beißen. Ich berührte es einfach nur, weil es so schön war. Es fühlte sich ganz warm an, roch nach Tier. Das Fell ein wenig borstig und zugleich weich wie Gras. Mir kamen die Tränen. Das Pferd schaute mich unentwegt an. Es sah nicht aus, als würde es dabei etwas denken. Seine Augen waren wahnsinnig schön – wie Seen, in die ich tief eintauchen konnte.

Diesen Pferden bin ich so dankbar … Ihr ungetrübter, reiner Blick hat mich wieder zu mir selbst gebracht, mich gerettet.

Ich fasste neuen Mut, nahm mich zusammen, und – ja, es war ein kleiner Reitklub – da klopfte ich an die Tür. Drinnen saßen Leute in Reiterhosen sowie das Ehepaar, dem die Anlage gehörte. Sie tranken Kaffee und schwatzten, und als sie mich sahen, machten sie alle ein verdutztes Gesicht. Die Frau des Besitzers merkte sofort, dass da etwas komisch war, und bat mich hereinzukommen. Sie führte mich zu einem Stuhl etwas abseits und brachte mir dann einen Kaffee. Der schmeckte gut, aber noch besser war ihr Geruch – sie roch wie eine Mutter. Bodenständig und herzlich wie eine Frau, die stets ihre Kleinen im Auge behält und in jeder Situation zuerst an sie denkt. Ich erinnerte mich an das Gefühl der Geborgenheit, das ich so lange vermisst hatte, und fing an zu schluchzen. Ich weinte und weinte und konnte nicht mehr aufhören.

›Sie sind Japaner, hier ist Japan, nicht wahr? … Ich bitte Sie, rufen Sie die Polizei … Ich kann mich nicht einmal mehr an meinen Namen erinnern … Ich bin entführt worden, rufen Sie die Polizei, bitte!‹

Weinend sagte ich das wieder und wieder.

Da erinnerten sich einige der Anwesenden, sie sagten, sie hätten meine Mutter im Fernsehen gesehen, worauf der Klubbesitzer sofort die Polizei benachrichtigte.

›Genaueres kannst du uns später erzählen‹, beruhigte mich die Frau und brachte einen zweiten Kaffee, dazu Curryreis. Da waren viele Fleischstücke drin, das hatte ich schon lange nicht mehr gegessen. In der Kommune war Fleisch tabu gewesen.

Ihre Herzensgüte überwältigte mich. Mir wurde allmählich wieder bewusst, was es heißt, eine Mutter zu haben: Sie kümmert sich um dich, ohne Fragen oder Bedingungen zu stellen. Wenn dir kalt ist, wärmt sie dich, und wenn du Hunger hast, gibt sie dir zu essen. Das Gefühl der Mutterliebe ging mir sehr nahe, aber das war okay, ich war frei, ich durfte mich ja jetzt an alles erinnern … Ich wollte meine Tränen fließen lassen, doch es kamen keine mehr. Mein Herz brauchte Zeit, um sich langsam wieder zu öffnen.«

Wir kamen zur Kindereinrichtung. Ich unterhielt mich kurz mit dem Pförtner, dann gingen wir durch den großen Garten zur Mauer. Ich fragte Nakajima: »Als du wieder bei deiner Mutter warst, seid ihr da gleich zu dem Haus am See gefahren?«

Nakajima schüttelte den Kopf. Er begann wieder zu erzählen, aber die Worte kamen ihm langsamer, zögerlicher über die Lippen als zuvor.

»Obwohl ich zur Zeit meiner Rückkehr schon fast zehn Jahre alt war, schliefen Mutter und ich damals jeden Abend im selben Futon. Sie hielt mich fest umarmt. Jeden Morgen, wenn wir aufwachten und sie mich sah, brach sie in Tränen aus. Das ging drei Monate lang so. Selbst wenn ich die Augen schloss, fühlte ich ihren Blick auf mir ruhen, spürte, wie sie mich unentwegt anschaute. Es war ein beklemmendes Gefühl. Da ich wusste, wenn ich die Augen öffne, sehe ich wieder Mutters tränenverquollenes Gesicht, tat ich so, als ob ich schliefe. Ich fühlte mich von meiner Mutter wie erdrückt. Diese Schwere, die du bei mir wahrscheinlich auch empfindest, weil ich für dich so ein unnahbares, mysteriöses Wesen bin, war viel schlimmer, als du dir vorstellen kannst. So schlimm, dass mein Vater es nicht mehr aushielt und von zu Hause wegzog.« Nakajima lachte. »Ich machte mir wirklich Sorgen um Mutter, dachte, sie tickt nicht mehr richtig. Ich fragte sie, ob sie nicht mit mir zusammen zur psychologischen Beratung kommen wolle. Eigentlich ging nur ich dahin, aber dann kam sie mit, und von da an gingen wir zusammen, ziemlich lange. Mutter schützte mich vor den Medien, wenn sie mal wieder eine Story über uns machen wollten, sie machte Ausflüge mit mir, wir besuchten Vergnügungsparks und dergleichen, gelegentlich auch mit Vater zusammen. Sie wollte sich die Zeit, die wir voneinander getrennt gewesen waren, wieder zurückholen.

Am Anfang zeigte ich keinerlei Emotionen, egal, was geschah, ich war innerlich wie erstarrt. Aber nur, weil ich große Schwierigkeiten hatte auszudrücken, was in mir vorging. Natürlich spielte sich in meinem Inneren eine Menge ab, aber ich konnte meine Gedanken und Gefühle einfach nicht zeigen. Irgendwann ging es dann doch besser, ich taute langsam auf. Ich fühlte mich auch von der Mutter nicht mehr so bedrängt und begann, sie wieder richtig zu mögen. Ich war auf gutem Weg, ich selbst zu werden, aber es dauerte. Das alles ist mir noch immer sehr gegenwärtig.

Dann, als sich die Aufregung etwas gelegt hatte, empfahl uns der Arzt, an einen ruhigen Ort zu fahren und uns dort zu erholen. So kam es, dass wir eine Weile in dem Haus am See lebten.«

Jetzt verstehe ich, warum Nakajima so sehr darauf achtet, dass er niemandem zur Last fällt, auch mir nicht, und mit allem unbedingt selber fertig werden will, dachte ich.

Nakajima erzählte weiter.

»Es ist nicht etwa so, dass ich schlimm misshandelt worden wäre. Ich wurde von Leuten erzogen und unterrichtet, deren Ziel es war, eine Art Supermensch zu erschaffen. In gewissem Sinne waren es ganz nette Leute, das Essen – oft Fisch und Meeresfrüchte – schmeckte gut, auch hatte ich Freunde, mit denen ich jeden Tag spielen konnte. Es war also nicht ganz so übel, doch was meine Beziehung zu den Erwachsenen betrifft, war alles sehr monoton. Ich empfand keine besonderen Gefühle für die eine oder andere Person, für mich waren sie alle gleich, ja austauschbar. So etwas wie eine Mutter, die mir nahegestanden und der ich jederzeit meine Sorgen hätte anvertrauen können, gab es nicht.

Eine rationale oder gelassene Beziehung ist etwas ganz anderes als eine gleichförmige, um nicht zu sagen gleichgültige Beziehung, das habe ich am eigenen Leib erfahren. Wenn alles gleich ist, verlierst du dein Selbst. Und wenn du dein Selbst verlierst, wird alles gleichgültig. So schließt sich der Kreis.

Wieder daheim, empfand ich die vereinnahmende Liebe meiner Mutter wie eine zu dicke, zu stark gewürzte Suppe, die ich essen musste. Manchmal erschienen mir ihre überbordenden Emotionen auch wie ein schrilles Kostüm mit viel zu vielen Rüschen und Pailletten.

Letztlich ist es meine Schuld, dass Mutter und Vater sich getrennt haben und Mutter so früh gestorben ist. Das beruht nicht auf irgendeiner obskuren Theorie, sondern liegt auf der Hand. Um mich zurückzuholen und wieder aufzurichten, brauchte sie ihre ganze Energie. Sie wusste, was sie tat, sie wollte es so und machte sich keine Gedanken über mögliche Folgen. Alles, was sie mir gab, nahm sie von sich selbst. Sie opferte ihr Leben, um mir meines wiederzugeben. So empfinde ich es.

Ich selbst hatte nie das Gefühl, wirklich lange leben zu wollen, und deshalb dachte ich immer: Mutter, was machst du denn? Es geht doch auch um dein Leben! Allerdings wusste ich auch, ich würde nie wie Mutter die Kraft haben, felsenfest daran zu glauben, dass die Hoffnung sich erfüllt. Sie gab nämlich alles her, bis zum letzten Rest, um den feinen Faden einzuholen, an dem ich hing.

Da ich durch die ganze Geschichte einen ziemlichen Knacks davongetragen hatte, konnte ich mir nicht vorstellen, eines Tages mal ein mehr oder weniger normales Leben zu führen. Doch dank meiner Mutter schaffte ich es irgendwie, und die Dinge haben sich schließlich sogar recht positiv entwickelt, meinst du nicht?

Ich habe nur manchmal ein schlechtes Gewissen, weil meine Mutter auf der Suche nach mir ihre Gesundheit ruinierte, während ich leckeren Sashimi aß, mich mit meinen Freunden vergnügte und auch die ersten Regungen sexueller Lust genoss. Das macht mich ein wenig traurig«, sagte Nakajima. Dann fügte er hinzu: »Entschuldige, wenn ich darüber rede, kommen mir die Tränen«, und er fing wirklich an zu weinen.

Nakajima und seine Mutter lebten in dem Haus am See wie ein Liebespaar, beseelt vom Wunsch, alles, was sie so lange entbehrt hatten, wieder zurückzugewinnen. Es sei für ihn die beste und schönste Zeit seines Lebens gewesen, sagte Nakajima, und daran zweifelte auch ich keinen Moment. Mit dem Gefühl im Herzen, ein größeres Glück könne ihm das Leben nicht mehr bescheren, hatte er seither seine Tage verbracht. Ich bin sicher, darin liegt das Geheimnis seiner besonderen Aura, seiner stets spürbaren Trauer, seiner unerschütterlichen Gelassenheit.

»Aber Gefühle sind nicht entscheidend. Das habe ich inzwischen begriffen. So kostbar mir jetzt die Erinnerung an das abgeschiedene Leben mit meiner Mutter ist – in der ersten Zeit am See musste ich dauernd daran denken, wie viel Spaß ich mit Mino und Chii hatte, mit welchem Vergnügen wir im Meer schwammen. Der Pazifik bei Shimoda ist ziemlich rauh, die Wellen manchmal so hoch, dass wir unsere Köpfe im Wasser gegenseitig nicht mehr sehen konnten. Wie auf einer Schaukel ging es auf und ab, wir lachten und prusteten und kreischten, ließen uns von den Wellen verschlucken und wieder ans Ufer spülen … So tobten wir herum, bis wir völlig abgekämpft waren.

Wenn ich mir alles ›Schöne‹ in Erinnerung rufen

will, ergibt sich durch Kombinieren eine unendliche Zahl von Erlebnissen, die unter diese Kategorie fallen; dasselbe, wenn ich mir alles ›Schmerzliche‹ vergegenwärtigen will. Je nachdem, was ich suche, gibt mein Kopf oder mein Herz die entsprechenden Informationen her, aber das bedeutet eigentlich nichts.

Nur weil gewisse Dinge nicht gut herausgekommen sind, hat sich weder die Beziehung zwischen meiner Mutter und mir noch sonst etwas in irgendeiner Weise verändert. Wie Mutter und ich Hand in Hand am Seeufer entlangspaziert sind, wie ich mit meinen Freunden beim Baden im Meer gelacht habe, die Möwen am Strand – alles bleibt sich gleich, ist weder gut noch schlecht. Ich sehe die Szenen vor mir, sie sind hier in mir drin, für immer und ewig, und sie haben alle den gleichen Wert. Natürlich erscheint dir das Orange des Sonnenaufgangs manchmal intensiver als das Orange bei Sonnenuntergang, und wenn du dich niedergeschlagen fühlst, wirkt die Landschaft vielleicht bedrohlich düster auf dich. Wir sehen alles durch einen Gefühlsfilter, aber die Dinge an sich verändern sich nicht. Sie existieren einfach, das ist alles.

Ich bin mir nicht einmal sicher, ob man wirklich sagen kann, die Dinge wären nicht gut herausgekommen. Gewiss, mein Leben ist durch eine Verkettung kleiner Zufälle in Fetzen gerissen worden, und meine Mutter mit ihrer verzweifelten Leidenschaft versuchte diese Fetzen irgendwie wieder zusammenzuflicken. So wurde das aus mir, was ich bin: ein notdürftig reparierter, rundum komischer Kerl. Aber immerhin, ich lebe. Zwar verkorkst, immer am Anschlag und von Schuldgefühlen geplagt, aber irgendetwas ist da, was mich trotz allem antreibt. Und dieses Etwas ist viel, viel mächtiger als meine Gefühle.«

Nakajima sprach leise und ruhig, in einem Ton, als würde er nur widerwillig reden.

Für mich, die ich seelisch nie so gelitten hatte, war es einfach, ihm zuzuhören, ihn zu verstehen. Wo auch immer wir hinkommen in dieser Welt, sind die Leute mehr oder weniger gleich. Es ist nicht nötig, sagen wir uns, jeden einzelnen Fehler zu verzeihen oder gar lieben zu lernen, und so lassen wir eine Fünf gerade sein und sehen über gewisse Fehler und Schwächen hinweg.

Wie meine Mutter, zum Beispiel. Sie war süchtig nach Schönheitsoperationen, brachte ein uneheliches Kind zur Welt, weigerte sich zu heiraten, hatte nichts Besseres zu tun, als Gästen Alkohol auszuschenken und sich deren hässliche Geschichten anzuhören, war zu alledem ungeschickt und konnte nicht rechnen, und dann starb sie auch noch jung … Oder mein

Vater, ein uncooler Typ, der meint, er müsse sich beim Provinz-Italiener wichtigmachen ... Das nehmen wir alles hin. Würden wir es nicht tun, wäre von vornherein jede Beziehung zum Scheitern verurteilt.

Für Nakajima wird es noch schwieriger sein, weil bei ihm alles eine ganz andere Dimension hat.

Doch wer weiß – wenn er es schafft, sich daran zu gewöhnen, dass jeder Tag eine Wiederholung reichlich banaler Dinge ist und die Person, mit der er zusammenlebt, auch immer die gleiche; dass in dieser ganzen Eintönigkeit nur gelegentliche Herzsprünge für etwas Farbe und Abwechslung sorgen – wenn er das akzeptieren kann, dann wird es mit der Zeit vielleicht ein wenig einfacher für ihn.

Nicht nur die Straßenlaterne, auch der Mond, der fast voll war, schien ziemlich hell, so dass man das Mauerbild selbst aus einiger Entfernung gut sehen konnte. Natürlich leuchteten die Farben nicht so intensiv wie bei Tag, doch insgesamt wirkte das Bild, dessen Ränder sich links und rechts im Dunkel der Nacht auflösten, geradezu mystisch.

»Guck mal, hier habe ich sie alle gemalt«, sagte ich nicht ohne einen Anflug von Stolz.

»Wow, was für ein Bild!« Nakajima schaute es lange an, mit dem gleichen ernsten Gesichtsausdruck, den ich von ihm kannte, wenn er seine Bücher studierte. Das freute mich, und ich merkte, wie wichtig so einfache, grundlegende Dinge sind wie stolz sein können, lachen, sich strecken und sich wieder lockern.

Ich spürte es deutlich: Auch ich hatte begonnen, mich von gewissen Dingen zu lösen, neu Tritt zu fassen.

Ich wollte stark und standhaft sein, Nakajima bei der Hand nehmen und mit ihm zusammen unseren gemeinsamen Weg gehen. Wie damals, als wir Mino und Chii besuchten und ich ohne jeden Hintergedanken ganz instinktiv seine Hand genommen hatte.

Den Blick stets zum Bild gewandt, erklärte ich es langsam. In dem dunklen, menschenleeren Garten klang meine Stimme tiefer als sonst.

»Das bist du, Nakajima. Du ruhst dich im Schatten des Baumes aus und isst eine Banane. Und das ist deine Mutter… Sie ist immer in deiner Nähe und lächelt. Dann der See mit dem Schrein, siehst du? Und da ist Mino… Er macht gerade Tee und lacht dabei. Schau mal, wie klein er ist! Dann Chii. Sie schläft in einem Himmelbett, wie eine kleine Affenprinzessin! Niemand weiß, was das alles bedeuten soll, aber es ist eine glückliche Welt. Niemand kann sie zerstören. Die Leute sehen dieses Mauerbild, ohne seine tiefere Bedeutung zu kennen, und eines Tages, wenn die Mauer abgebrochen wird, wird es mit ihr aus dieser Welt verschwinden. Aber irgendwo tief im Unterbewusstsein wird dieses kleine Glück den Leuten in Erinnerung bleiben, wenigstens ein bisschen. Ist das nicht schön?«

Nakajima nickte schweigend.

Er schniefte ein wenig und sagte dann wie entschuldigend: »In letzter Zeit kommen mir öfter die Tränen.« Ich vermied es, ihn anzusehen.

Also bitte, was soll das?!, dachte ich fast aufgebracht. Das ist doch keine Liebe – das ist wie bei einer Führung für wildfremde Leute! In dieser Szene müsste doch jetzt der Mann die Frau umarmen, und der Frau kommen die Tränen, oder?

Mir schien, wir standen eine halbe Ewigkeit lang vor der Mauer, bis die Kälte in unsere Körper kroch.

Wann immer ich mich in Zukunft an dieses Mauerbild erinnern werde, wird mir auch dieser Abend in den Sinn kommen. Egal, wo wir sind und was aus uns beiden geworden ist.

»Ich weiß nicht genau, wie ich dich fragen soll, Chihiro, aber … Fandest du, die beiden sahen unglücklich aus?«, meinte Nakajima plötzlich mit etwas heiserer Stimme, als wir auf dem Heimweg schon eine ganze Weile schweigend nebeneinander hergegangen waren.

Ich dachte angestrengt nach. Mein Gefühl sagte mir: Wenn du jetzt lügst, dann wird alles zur Lüge.

Was an der Oberfläche ist und was sich zeigt, wenn du darunter schaust … Wunderbarer Tee, ein etwas verstaubtes Zimmer, der glitzernde See draußen vor dem Fenster …

Ich versuchte meine Eindrücke, die so vielschichtig waren wie Blätterteig, als Ganzes zu erfassen.

Dann antwortete ich: »Nein, unglücklich nicht, überhaupt nicht. Aber auch nicht besonders glücklich. Ich denke, es wird sowohl glückliche als auch weniger glückliche Momente in ihrem Leben geben, beides.«

»Da bin ich froh«, sagte Nakajima erleichtert, als wäre ihm ein Stein vom Herzen gefallen.

Mit ihm zu reden war manchmal wie ein Kampf um Leben und Tod, aber es machte mir nichts aus. Oder vielmehr: Ich mochte es sogar.

»Chihiro, du bist wirklich jemand, der sehr darauf achtet, die Gefühle anderer nicht zu verletzen«, sagte Nakajima.

»Das kann nicht sein«, erwiderte ich. »Ganz sicher steckt auch in mir so ein hässlicher kleiner Teufel. Da sind alle Menschen gleich.«

»Ich habe nicht gesagt, dass du ein Engel bist, dass nicht auch du vielleicht jemanden verletzen kannst. Aber du tust es viel weniger als andere, und das reicht mir schon. Ich hatte Angst, dich zu verlieren, deshalb wollte ich mich dir auf keinen Fall aufdrängen. Du warst einfach jeden Tag da, hast dein Leben gelebt, und das war gut so. Deine Malerei … Du bewegst die Hand, bewegst deinen Körper, lässt etwas entstehen – das hat eine Klarheit und Gewissheit, die mir guttut, mir Kraft gibt. Mit deinem grenzenlosen Optimismus habe ich allerdings ein wenig Mühe, muss ich gestehen. An das Gute kann ich nur schwer glauben. Aber es zieht mich natürlich an. Manchmal rebelliert es in mir, und ich möchte diesen Glauben zur Hölle jagen. Doch das geht nicht, weil ich dich liebe.« Nakajima sah mich an, und auf einmal lächelte er.

»Ist es nicht schön, dass du jetzt so über deine Gefühle sprechen kannst?«, sagte ich aufrichtig.

»Ha, mit so einer wie dir soll ich nach Paris fahren?!« Nakajima klang wie ein trotziges Kind.

»Wenn du nicht willst«, sagte ich lachend, »dann gehst du eben allein.«

»Kein Problem, ich gehe allein und warte dort auf dich … Übrigens, würdest du vielleicht einmal mit mir nach Shimoda fahren? Irgendwann möchte ich diesen Reitklub besuchen und den Leuten dort, vor allem aber den Pferden, danke sagen. Jetzt fehlt mir jedoch die Kraft dazu. Nicht, dass es absolut undenkbar wäre, aber ich brauche noch Zeit.«

»Dann lass uns gehen, wenn wir in Paris sind und zwischendurch mal nach Japan kommen. Wir können uns spontan entscheiden. Und wenn Sommer ist, schwimmen wir zusammen im Meer.«

Nakajima und ich schlenderten durch das Quartier, wie wir es schon oft getan hatten, und redeten und redeten. So zusammen durch die Nacht zu gehen hatte etwas Tröstliches, Beruhigendes, und dennoch lag eine seltsame Spannung in der Luft. Das Gefühl, dass unser Zwiegespräch mit all dem, was wir einander gerade erzählten und anvertrauten, urplötzlich ins Stocken geraten und auf ewig verstummen konnte. Jedes einzelne Wort, das zwischen uns hin- und herging, erschien mir wie eine kostbare Perle, wie ein Wunder im Hier und Jetzt.

Warum nur diese Hürden und Gräben? Warum nur war er mir so fern, wo wir doch beisammen waren?

Ich fühlte mich allein, aber es war eine angenehme Empfindung – wie wenn man sein Gesicht unter einen Strahl kaltes Wasser hält.

»Aber bevor wir das tun, würde ich gerne Mino und Chii besuchen, wenn die Kirschbäume blühen. Das muss traumhaft schön sein ... der See und ringsherum eine rosarote Wolke. Ja, lass uns hinfahren!«

»Du würdest mich wirklich wieder begleiten?«

»Je öfter, desto besser. So wird es sich hoffentlich wieder richten, das eine oder andere.«

Was waren wir nur für fragile Geschöpfe … Wir gingen auf dünnem Eis, und wenn einer ausrutschte, würden wir beide hinfallen, aufs brechende Eis … Ein anfälligeres, verletzlicheres Paar konnte ich mir nicht vorstellen. Dennoch glaubte ich an uns und war überzeugt, es würde alles gut werden.

Auf einmal sah ich uns hoch oben am Himmel, über den Wolken, als glitzernden, hellleuchtenden Punkt.

»Sie freuen sich bestimmt auch«, sagte Nakajima.

»Und vielleicht erlebe ich es eines Tages noch, dass Chii wieder munter in der Gegend herumläuft?«

Das war vielleicht unrealistisch, aber wer wollte es einem Menschen verübeln, wenn er sich an einem Funken Hoffnung wärmt?

»Gehen wir erst mal nach Hause und machen uns einen Schwarztee, mit Quellwasser«, sagte ich. »Nur, so aromatisch wie der von Mino wird er wohl nicht sein.«

Banana Yoshimoto im Diogenes Verlag

»Eine Romanautorin als Jugendidol – bei uns unvorstellbar. In Japan jedoch hat Banana Yoshimoto genau das geschafft.« *Petra, Hamburg*

»Was für ein Talent! Banana Yoshimoto schreibt wunderbar subtile, wundersam verstörende Bücher, in denen Japans Jugend endlich eine Stimme bekommt.« *Stern, Hamburg*

»Yoshimoto schildert nicht die äußere, sondern die innere Wirklichkeit ihrer Personen. Die Farbe des Himmels und die Form des Mondes sind sichtbar gemachte Gefühle.« *Der Tagesspiegel, Berlin*

Kitchen
Aus dem Japanischen von Wolfgang E. Schlecht. Mit einem Essay von Giorgio Amitrano

N. P.
Roman. Deutsch von Annelie Ortmanns-Suzuki

Tsugumi
Roman. Deutsch von Annelie Ortmanns

Dornröschenschlaf
Drei Erzählungen von der Nacht. Deutsch von Annelie Ortmanns, Gisela Ogasa und Anita Brockmann

Amrita
Roman. Deutsch von Annelie Ortmanns

Sly
Roman. Deutsch von Anita Brockmann

Federkleid
Roman. Deutsch von Thomas Eggenberg

Mein Körper weiß alles
Dreizehn Geschichten. Deutsch von Annelie Ortmanns und Thomas Eggenberg

Ihre Nacht
Roman. Deutsch von Thomas Eggenberg

Der See
Roman. Deutsch von Thomas Eggenberg

Moshi Moshi
Roman. Deutsch von Matthias Pfeifer

Fuminori Nakamura

Der Dieb

Roman. Aus dem Japanischen
von Thomas Eggenberg

Er ist ein Taschendieb mit Prinzipien: nur wohlhabende Opfer, männlich, keine Gewalt. In den überfüllten U-Bahnen oder belebten Straßen Tokios holt Nishimura ihnen das Portemonnaie aus der Tasche. Dabei bedeutet ihm Geld wenig, er lebt zurückgezogen in einem billigen Apartment an der Peripherie, hat keine Familie, keine Freunde. Nur einen kleinen Jungen, der um jeden Preis von ihm lernen will, wie man stiehlt, wird er nicht los. Seine Vergangenheit versucht Nishimura zu vergessen, doch eines Tages holt sie ihn ein. In Gestalt eines Kumpels, mit dem er vor Jahren in einen Raubüberfall verwickelt war. Und auch der Drahtzieher jenes Überfalls, der allmächtige Yakuza-Boss Kizaki, Herr über Leben und Tod, hat erfahren, dass er wieder in Tokio ist.
Ein Roman in messerscharfer, schnörkelloser Sprache, ein Leseerlebnis von großer Intensität.

»Große Themen in einem schmalen Band – in knapper, eleganter und extrem ergreifender Sprache.«
Christopher Fowler / Financial Times, London

»*Der Dieb* ist neu und gewagt. Ich war tief beeindruckt.« *Kenzaburo Oe*

»Intelligent, packend und außerordentlich bewegend.« *Laura Wilson / The Guardian, London*